3, 5

Stefanie Taschinski

Die kleine Dame

Stefanie Taschinski

Die kleine Dame

Mit Bildern
von Nina Dulleck

Weitere Titel in dieser Reihe:
Die kleine Dame und der rote Prinz
Die kleine Dame auf Salafari
Auch als Hörbücher bei Arena audio

Für meine Töchter
Elisabeth und Katharina

MIX
Papier aus verantwortungsvollen Quellen
FSC® C110508
FSC
www.fsc.org

6. Auflage 2012

Einband: Nina Dulleck
Gesamtherstellung: Westermann Druck Zwickau GmbH
ISBN 978-3-401-06481-9

www.arena-verlag.de
Mitreden unter forum.arena-verlag.de
Das gleichnamige Hörbuch ist bei Arena audio erschienen.

Das Brezelhaus

Diese Geschichte beginnt mit einer Brezel. Einer kleinen goldenen Brezel. Aber Vorsicht! Zum Essen ist sie nicht. Du würdest dir nämlich ganz bestimmt deine Zähne an ihr ausbeißen. Denn die Brezel, von der hier die Rede ist, hängt hoch über dem Eingang des Brezelhauses und ist aus allerfeinstem Gips.

Ohne diese hübsche Brezel wären Lillys Eltern niemals in das Brezelhaus gezogen, das mitten in der großen Stadt Hamburg in einer kleinen Seitenstraße steht. Sie wären auf ihrer Suche nach einem neuen Zuhause einfach an dem alten Haus mit den vier Stockwerken vorbeigegangen.

Und wir hätten nie wieder etwas von ihnen gehört.

Doch genau an jenem Tag, als Lilly, ihre Mutter, ihr Vater und ihre kleine Schwester an dem Brezelhaus vorbeispazierten, stand ein junger Maler auf der Leiter und strich die alte Brezel mit neuer Goldfarbe.

Lilly blieb neugierig stehen. »Sieh mal«, rief sie und tippte Papa an.

Papa sah kurz nach oben. »Eine Brezel«, sagte er, ohne auch nur mit der Wimper zu zucken.

»Sie ist aus Gold«, flüsterte Lilly.

Gold oder nicht, Papa wollte weiter. Er hielt sich nicht gern auf. Schon gar nicht mit Brezeln. Denn als weit geradelter Fahrradspezialist wusste er, wie wichtig es ist, auf Kurs zu bleiben. Doch wie geschickt er den Kinderwagen auch wendete, an der großen Malerleiter und den Farbeimern kam er nicht vorbei.

Da schaute Mama zu der kleinen Brezel hoch. Sie sah wirklich genauso aus wie die Brezeln, die sie in ihrer Backstube zusammendrehte. In einem Schwung. Bei dem Gedanken musste sie lächeln.

Sie sah zu Lilly. »Sieht zum Reinbeißen aus«, sagte Mama und nahm Lillys Hand.

Ja, das fand Lilly auch.

Papa wurde unruhig. Er spürte, dass etwas in der Luft lag.

Oben betupfte der Maler in aller Ruhe die letzte graue Stelle mit Gold.

Was war das für ein Glanz!

Was war das für ein Leuchten!

Mit ihrem frischen Gold sah die Brezel wie eine feine Einladung aus.

»Komm herein!«, sagte die Brezel. »Tritt ein. Hier bist du glücklich.«

Da geschah es.

»Ich wünschte, wir könnten hier wohnen«, sagte Mama und lächelte Papa so sehnsüchtig an, dass er den Arm um sie legte und alles andere vergaß.

Er sah von Mama zu der goldenen Brezel und nickte. So kam es, dass Familie Bär mit ihren zwei kleinen Mädchen in das Brezelhaus zog.

»Ich bin kein kleines Mädchen!«, sagt Lilly. »Ich bin acht und eine große Schwester!«

Na, aber auch große Schwestern dürfen manchmal noch kleine Mädchen sein. Wenn zum Beispiel nachts die alte Laterne auf dem Kleiderschrank plötzlich aussieht wie eine Fratze und sich der Bademantel auf dem Stuhl in eine unheimliche Gestalt verwandelt – dann fühlen sich selbst die größten Mädchen wieder klein. In solchen Momenten ist Lilly froh, dass Karlchen da ist. Ihre kleine Schwester ist erst fünf. Sie schläft unten im Etagenbett, und wenn sie nachts aufwacht, läuft sie oft noch zu Mama und Papa. Karlchen ist ganz bestimmt ein kleines Mädchen. Ein noch kleineres als Lilly.

Es gibt allerdings eine im Brezelhaus, die ist noch ein ganzes Stück kleiner als alle kleinen Mädchen, die darin wohnen. Und das ist die kleine Dame.

Sie wohnt im Hinterhof. Sie ist so groß wie ein ausgewachsener Pinguin, trägt bei Wind und Wetter ihre Safariausstattung und dank ihres Schirms kann sie jederzeit chamäleonisieren.

Du fragst, was chamäleonisieren ist?

Das geht so: Die kleine Dame spannt ihren Schirm auf und schwups ist es passiert. Steht sie vor ihrem blau geblümten Ohrensessel, ist die kleine Dame vom Schirm bis zur Sohle blau geblümt. Macht sie einen flotten Spaziergang an roten Klinkerhäusern vorbei, tanzen rote Ziegel auf ihrem Kostüm. Und wenn sie mit aufgespanntem Schirm die Rinde der alten Weide nach Marienkäfern absucht, läuft die kleine Dame so silbergrau an, dass gleich ein frecher Käfer angeflogen kommt und sich auf ihre Nase setzt.

Die kleine Dame chamäleonisiert so mühelos, dass niemand bemerkte, wie sie ihr Zelt unter der alten Weide im Hof des Brezelhauses aufbaute.

Dabei zündet sie jeden Abend die große Laterne an, die auf ihrem Tisch steht. Dann setzt sie sich bei einer duftenden Tasse Schokolade vor ihr Zelt und lauscht den fremden Geräuschen der Stadt. Sie hört das tiefe Tuten der Schiffe, die die Elbe heraufkommen, das Hupen der Autos und manchen fremden Vogel.

Die kleine Dame sitzt vor ihrem Zelt und beobachtet, wie rings herum in den Wohnungen die Lichter angehen. Sie sieht zu, wie Mütter ihren Kindern die Zähne putzen und mit großen Waschlappen die kleinen Gesichter waschen. Sie sieht, wie Väter am Herd stehen und in schweren Pfannen leichte Omeletts backen.

Die kleine Dame ist rundherum glücklich, dass sie den Hof des Brezelhauses gefunden hat. Denn sie kennt keinen geheimnisvolleren Ort als diesen riesigen, wild bewucherten Hof, wo hinter jeder Hecke ein anderes Tier lauert.

Seltsamerweise interessiert sich von den großen Leuten niemand für den Hof. Nur der Hausmeister, Herr Leberwurst, fegt einmal am Tag den Torweg zwischen den Mülltonnen. Er hat eine Glatze und fegt zwei links zwei rechts, ohne auch nur einmal von den grauen Fliesen aufzusehen. Dabei muss er sich immer tief nach unten bücken. Denn Herr Leberwurst hat schrecklich lange Beine und ist mindestens dreimal so groß wie die kleine Dame.

Selbst als die kleine Dame gestern ihr Bettzeug aufschüttelte, dass die Federn nur so durch die Luft wirbelten, bemerkte er sie nicht. Dabei trug sie an diesem Morgen ihren Tropenhelm und sah ganz besonders fein aus. Aber Herr Leberwurst spuckte nur auf seinen Putzlappen und polierte das Schild, das er im Torweg aufgehängt hatte. Darauf stand:

Der Glückstag

Normalerweise spielt Lilly nie im Torweg. Nicht nur weil es dort dunkel ist, von den Mülltonnen müffelt und ganz nebenbei verboten ist. Nein, es ist sowieso viel schöner, auf dem sonnigen Spielplatz um die Ecke über die schwankenden Balken zu flitzen und an der Turnstange Todesrolle zu machen.

An einem ganz normalen Mittwoch denkt Lilly nicht im Traum an den Torweg, der in den Hinterhof führt. Doch dieser Mittwoch war kein normaler Tag. Es war Lillys Glückstag! Lilly hatte auf dem Schulfest eine Kamera gewonnen. In ihrem ganzen Leben hatte sie noch nie etwas so Schönes gewonnen und sie war so aufgeregt, dass sie den ganzen Weg nach Hause hüpfte. Selbstverständlich wollte Lilly nichts lieber, als sofort ihre ersten Fotos machen.

Sie lief in die Küche, wo ihre Mutter am Tisch stand und einen Teig knetete. Nicht mit der Rührmaschine, sondern mit den Händen. Der Teig quoll zwischen ihren Fingern durch. Er klebte an ihren Händen, in ihren Haaren und an ihrer Nase. Denn wenn Mama Teig knetete, tat sie es mit ganzem Herzen.

»Mama, ich hab einen Fotoapparat gewonnen!«

»Schön, schön . . .« Mama sah kurz von dem Teig auf ». . . willst du probieren?« Sie hielt Lilly einen Klecks Teig unter die Nase. Er war mit dicken Schokostreuseln und herrlich cremig. Lilly schleckte den Klecks ab.

»Lecker«, schmatzte sie. »Kannst du mir jetzt mit meinem Fotoapparat helfen?«

»Sofort mein Schatz, sofort . . .«

»Ich weiß nicht, wie man den Chip einlegt«, versuchte Lilly es noch mal und holte das kleine Plastikding aus ihrer Hosentasche.

Mama streute etwas Mehl auf die Tischplatte.

»Ich helf dir gleich, ja. Ich muss nur noch schnell diesen Kuchen in den Ofen bekommen.«

Die nächste Portion Mehl schneite auf den Tisch. Lilly wusste, dass es mindestens noch eine halbe Stunde dauern würde, bis Mama mit dem Backen fertig war.

An einem normalen Nachmittag hätte ihre Mutter sie ganz sicher auf ihren Schoß gezogen und gemeinsam mit ihr die Kamera bewundert. Doch ausgerechnet heute, an Lillys Glückstag, hatte ihre Mutter nicht die klitzekleinste Minute Zeit für sie.

Lilly lief ins Wohnzimmer, um ihren Vater zu bitten, den Chip einzulegen. Herr Bär kniete auf dem Boden, vor ihm stand Mamas rotes Fahrrad – die Räder zur Decke. In der einen Hand den Schraubenzieher, in der anderen einen Lappen, war er gerade dabei, die Kette von dem Zahnrad zu lösen.

»Papa, schau mal! Ich hab einen Fotoapparat gewonnen!«

Voller Stolz zeigte Lilly ihm den kleinen schwarzen Apparat. Papa legte den Schraubenzieher zur Seite und sah sich die Kamera an.

»Das ist ja ein richtiger Fotoapparat!«, sagte er und gab ihr einen kleinen Kuss auf die Nase.

»Gratuliere!«

»Hilfst du mir, den Chip einzulegen?«, fragte Lilly.

An einem normalen Nachmittag hätte Papa sie mindestens durch die Luft gewirbelt und gerufen: »Hey, hey, hey, mein wundervolles Töchterchen hat einen Fotoapparat gewonnen!«

Doch ausgerechnet heute, an ihrem Glückstag, nahm Papa wieder den Schraubenzieher und sagte: »Gib mir zehn Minuten.«

Zehn Minuten? Das war ja eine Ewigkeit. So lange konnte Lilly unmöglich warten und sie rannte zum Kinderzimmer.

Dann zeige ich meine Kamera eben Karlchen, dachte sie und öffnete die Kinderzimmertür. Doch was war das? Mehr als einen Spaltbreit ließ sich die Tür nicht öffnen.

»Karlchen«, rief Lilly. »Ich hab einen Fotoapparat gewonnen.«

Ein vermummtes Gesicht erschien in der Tür. Karlchen trug Papas alte Schutzbrille und Mamas Backhandschuhe. Sie flüsterte: »Wir sind eingeschneit.«

»Quatsch mit Soße! Mach die Tür auf! Ich will dir meinen . . .«

Aus dem Kinderzimmer erklang ein lang gezogenes Heulen. »Oh, mein Hund!«, rief Karlchen. »Ich muss meinen Hund retten!«

»Das ist doch Jakob«, rief Lilly.

Jakob war Karlchens Kindergartenfreund.

»Nein, das ist mein Hund!«, widersprach Karlchen und machte ihrer großen Schwester *klack* die Tür vor der Nase zu.

An einem ganz normalen Nachmittag hätte Karlchen ihr geliebtes Schokoladeneis hergegeben, nur um einen Blick auf Lillys Kamera zu werfen. Aber ausgerechnet heute, an Lillys Glückstag, spielte sie Eskimo.

»Wie können Papas, Mamas und kleine Schwestern nur alle auf einmal so blöd sein?«, schimpfte Lilly vor sich hin. »Da gewinne ich eine echte Kamera und niemand will sie sehen.«

Lilly wusste ja nicht, dass im Hinterhof die neugierigste kleine Dame der Welt wohnte, die nur darauf wartete, dass ein kleines Mädchen mit ihrer Kamera vorbeikäme. Denn neben Chamäleonisieren gehörte Tofografieren zu den Lieblingsbeschäftigungen der kleinen Dame.

Heute an ihrem Glückstag beschloss Lilly, das Brezelhaus zu verlassen. Sie wollte weg, ganz weit weg und sich so gut zu verstecken, dass Papa, Mama und Karl-

chen sie nicht wiederfänden. Jawohl, sie würden sehr traurig sein, wenn sie weg wäre, und furchtbar viel weinen. Aber das hatten sie nicht anders verdient!

Hinter der Hecke

Es war der erste richtige Sommertag. Dicke Hummeln summten durch die Luft und die Kinder, die vor dem Brezelhaus auf dem Fußweg vorbeispazierten, hatten mindestens fünf Kugeln Eis in ihrer Tüte. Ja, fünf.

Es war einer dieser Nachmittage, an denen man unbedingt verbotene Dinge tun muss. Lilly las das Schild *»Kinder verboten!«*, schnaubte und ging schulterzuckend weiter zu dem Tor, das in den Hinterhof führte. Sicher hatte Herr Leberwurst auch verboten, im Hof zu spielen, aber das war Lilly an diesem Tag furzegal.

Sie drückte die Klinke herunter und das Tor öffnete sich mit einem leisen Knarren. Vor ihr lag ein raspelkurzes Stück Rasen mit einer verrosteten Teppichstange.

Genau. So sah es hier aus. Grau und langweilig. Deshalb hatte Lilly auch nie einen Schritt in diesen Hof gesetzt. Aber heute ging sie einfach über den Rasen, unter der Teppichstange hindurch und zwängte sich in die Ligusterhecke, die den Hof in zwei Hälften teilte. Sie wollte ja ganz weit weg von Mama, Papa und Karlchen sein. Hinter dieser Hecke würden sie Lilly niemals finden!

Die Zweige der Hecke wuchsen dicht an dicht. Sie piksten Lilly in die nackten Arme. Sie hakten sich an ihrer Hose fest. Es roch nach Moos und alter Vogelschiete. Aber Lilly schob sich weiter durch die Äste, immer weiter, bis ihre Nasenspitze endlich auf der anderen Seite hervorsah und die Hecke sie freigab.

Lilly rieb sich die Augen. Was war denn das? Hinter der Hecke war der Hof ja viel, viel größer, als sie gedacht hatte. Vor ihr lag eine Blumenwiese. Mehrere verschlungene Pfade führten zwischen Büschen und Bäumen hindurch. Nicht weit von der Hecke entfernt stand eine riesige, alte Weide. Ihre Zweige hingen bis auf den Boden und wiegten sich in der leichten Brise, als wollten sie Lilly begrüßen.

Lilly setzte sich auf eine kleine Mauer neben der Weide und betrachtete ihre Kamera. Sie drehte den Apparat hin und her. Irgendwo musste doch das Fach für den Chip sein. Sie wusste, dass es so ein Fach gab. Papas Fotoapparat hatte auch so eins. Sie untersuchte ihre Kamera von allen Seiten. Ihre Finger fühlten eine kleine Vertiefung. Doch als sie hineindrückte, fielen bloß die Batterien heraus und rollten ein Stück über den Boden.

Lilly bückte sich, um die Batterien aufzuheben. Da sah sie plötzlich ein paar sehr kleine Schnürstiefel. Sie blickte auf und fiel auf den Po. Direkt vor ihr stand eine kleine Person im allerfrischesten Weidengrün, die einen ebenso grünen Schirm in der Hand hielt. Es war die kleine Dame, die im Zelt unter der alten Weide campierte.

Die kleine Dame ging ein paar Schritte zurück und betrachtete Lilly ausgiebig von allen Seiten. Mehrere Male schritt sie um das Mädchen herum, das da vor ihr auf dem Boden saß, und ihre Farben wechselten von Weidengrün in das tiefe Grün der Ligusterhecke, zum Mörtelgrau der Mauer und wieder zurück. Die kleine Dame chamäleonisierte mit so atemberaubender Geschwindigkeit, dass Lilly schwindelig wurde. Ihr Herz klopfte schnell und ihr Bauch tanzte Flohwalzer.

Da klappte die kleine Dame ihren Schirm zusammen, setzte sich auf die Mauer und schlug ein Bein über das andere. »Os, os, new nebah riw nned ad?« Lilly brachte vor Staunen kein Wort heraus. War das Chinesisch?

»Rew tsib ud?«, fragte die kleine Dame ganz langsam und sah Lilly bedeutungsvoll an. Aber Lilly konnte nur fragend die Schultern zucken. Denn sie verstand nicht das allerkleinste Wort. Da machte die kleine Dame ein bekümmertes Gesicht. »Oh wie traurig, mein Besuch versteht mich nicht!«, seufzte sie.

»Doch, jetzt schon!«, widersprach Lilly.

Nun war es an der kleinen Dame, erstaunt zu sein. »Du kannst Vorwärtzisch, aber nicht Rückwärtzisch?«, fragte sie.

»Was ist Rückwärtzisch?«, fragte Lilly.

»Links und rechts, groß und klein, vorwärts, rückwärts, was darf's sein?«, lachte die kleine Dame und fuhr fort: »Du musst wissen, die meisten Menschen im Norden sprechen Vorwärtzisch, während die Menschen im Süden Rückwärtzisch bevorzugen.«

»Aber du kannst beides?«, staunte Lilly.

»Nun ja, ich reise viel«, erklärte die kleine Dame. »Und so weiß ich, mich in beiden Sprachen einigermaßen auszudrücken.«

»Besuchst du hier jemanden?«, fragte Lilly und sah sich neugierig um. Aber außer ihr und der kleinen Dame war weit und breit niemand zu sehen.

Nein, nein! Ich bin auf Expedition«, verkündete die kleine Dame. »Und du? Was machst du hier?«

»Ich bin Lilly und wohne im Brezelhaus.«

»Ich freue mich, dich kennenzulernen, Lilly«, sagte die kleine Dame und zog ihren Tropenhelm.

Lilly war ein bisschen verwirrt. So wie die kleine Dame hatte sie noch nie jemand begrüßt.

»Oh, ich freu mich auch sehr«, sagte sie. »Und ... wer bist du?«

»Ich bin die kleine Dame«, stellte sich die zierliche Person vor und setzte ihren Helm schwungvoll wieder auf.

Lilly riskierte einen Blick auf den seltsamen Schirm. »Kleine Dame?«

»Ja?«

»Wie hast du dich eben verwandelt?«

»Wieso verwandelt? Ich dachte, ich hätte wie gewöhnlich ein bisschen chamäleonisiert.« Die kleine Dame spannte ihren Schirm zum zweiten Mal auf und lief wieder von den Spitzen ihrer feinen Schnürstiefel bis zum Tropenhelm mauergrau an. Und zum zweiten Mal an diesem Nachmittag fiel Lilly vor Staunen auf den Po.

»Siehst du, es geht ganz leicht«, sagte die kleine Dame. »Zumindest für mich, die weltbeste Chamäleoniseurin.« Lilly glaubte der kleinen Dame sofort, dass sie die beste Chamäleoniseurin der Welt war. Aber sie hätte natürlich gern gewusst, *wie* es funktionierte. Wieder blinzelte sie zu dem eigenartigen Schirm. Der Griff erinnerte sie an etwas.

Aber ehe Lilly noch eine Frage stellen konnte, hatte die kleine Dame den Schirm schon wieder zugeklappt.

Sie setzte sich neben Lilly ins Gras. Voller Neugier blickte sie auf Lillys neuen Fotoapparat.

»Was ist das?«

»Das ist . . .«, setzte Lilly an.

Die kleine Dame hob die Hand und stoppte sie. ». . . lass mich raten. Ich liebe Rätsel.«

Die kleine Dame hielt sich die Augen zu. »Ich muss mich konzertieren.«

Durch einen kleinen Spalt zwischen ihren Fingern spähte sie auf die Kamera. »Oh, das ist ein sehr schweres Rätsel. Sehr, sehr schwer.« Sie klatschte in die Hände. »Ha, aber ich weiß es! Es ist . . . eine Unterwasserbrotdose.«

»Was? Nein«, sagte Lilly.

»Nein?«, rief die kleine Dame verblüfft. »Aber es sieht genauso aus wie ein richtiges Prachtexemplar von einer Unterwasserbrotdose. Ich kannte einmal einen Delfin, der wusste nie, wo er sein Schulbrot lassen sollte. Diese Dose hätte ihm sehr geholfen. Oder ist sie etwa nicht wasserdicht?«

Lilly schüttelte den Kopf. »Leider nicht.«

»Gut, lass mich nachdenken.« Wieder hielt die kleine

Dame sich die Augen zu und dachte sehr angestrengt nach. »Ha, aber jetzt weiß ich es! Es ist ein Geheimsprachenerfinder. Genau, die gibt es jetzt doch an jeder Ecke zu kaufen.«

Wieder schüttelte Lilly den Kopf. »Nein, das ist es auch nicht«, sagte sie.

»Also, wenn es weder eine Unterwasserbrotdose noch ein Geheimsprachenerfinder ist, dann musst du mir schon einen kleinen Hinweis geben, damit ich dieses Rätsel löse, bevor der Mond über Sansibar aufgeht.«

Lilly überlegte einen Moment. Sollte sie der kleinen Dame einfach sagen, dass sie auf dem Schulfest eine Kamera gewonnen hatte? Aber dann entschied sie sich anders. »Es hat etwas mit den Augen zu tun«, verriet sie.

Die kleine Dame hielt die Luft an. »Aber natürlich. Dass ich nicht gleich darauf gekommen bin. Es ist deine Glasaugenaufbewahrung!«

»Igitt, nein!«, rief Lilly.

»Aber ein zweites Paar Augen kann sehr praktisch sein, wenn die einen schlafen und die anderen nachsehen wollen, wo das letzte Stück Schokolade versteckt ist«, beharrte die kleine Dame.

»Es ist meine neue Kamera«, sagte Lilly.

Ehrfürchtig betrachtete die kleine Dame die Kamera.

»Ein echter Tofograf?«, fragte sie und streckte vorsichtig die Hand aus, um Lillys Fotoapparat zu streicheln. »Was für ein schöner Apparat. Darf ich ihn mal halten?«

Lilly gab ihn ihr. »Es war der Hauptpreis am Glücksrad, aber meine Eltern und Karlchen hatten alle überhaupt keine Zeit, ihn sich anzusehen«, erzählte Lilly.

Die kleine Dame sah sie erstaunt an. »Dummköpfe! Wenn so ein schöner Tofograf daherkommt, muss man alles stehen und liegen lassen und tofografieren und sonst nichts«, sagte die kleine Dame bestimmt.

Lilly war aufgeregt. Ob die kleine Dame ihr zeigen konnte, wo man den Chip einlegte? Und da hatte die kleine Dame die Klappe auch schon gefunden.

»Aber da ist ja gar kein Chip drin. Wie sollen wir Bilder machen, wenn du keinen Chip-Schnipp hast?«

Lilly holte das kleine Plastikteil aus ihrer Hosentasche.

»Ah, das ist etwas anderes.« Die kleine Dame schnippte den Deckel von der Verpackung, nahm den Chip heraus und schob ihn in die Öffnung. Lilly sah sofort, dass die kleine Dame das nicht zum ersten Mal machte.

»So und jetzt drückst so lange diesen Knopf, bis der Bildschirm leuchtet«, erklärte sie und gab Lilly die Kamera zurück.

Lilly drückte eine ganze Weile und sah auf den Bild-

schirm: Vor ihr stand die kleine Dame und lächelte ihr verwegenstes Lächeln. Mit ihrem hellen Safarikostüm und dem Tropenhelm sah sie aus, als käme sie geradewegs aus dem Dschungel. Lilly knipste los. *Klick, klick, klick* die kleine Dame von vorne. *Klick* ihre lustigen Haarschnecken. *Klick* die Schnürstiefel und *klick, klick, klick* den Schirm. Plötzlich sah Lilly es ganz deutlich. Der Griff des Schirms war ein Chamäleonschwanz! Gerade wollte Lilly wieder den blauen Knopf drücken, da rief die kleine Dame: »Halt! Von so viel tofografieren bekommt mein Schirm ja Pixeldites!«

Mit diesen Worten spannte sie den Schirm auf. Für Sekunden tanzten alle Farben des Regenbogens über den Stoff, dann war die kleine Dame verschwunden!

Lilly starrte auf die Stelle, wo sie eben noch gestanden hatte. »Kleine Dame«, rief sie.

Keine Antwort. Lilly sah sich um. »Kleine Dame, wo bist du?«

Da hörte sie ein leises Lachen, das hinter den Zweigen der alten Weide hervorzukommen schien.

Lilly schob die Zweige auseinander und dort saß die kleine Dame vor ihrem Zelt und sprach mit ihrem Schirm. »Nohcs tug. Schon gut«, beruhigte sie ihn.

Lilly kniff sich in den Arm. Träumte sie? Oder stand hier im Hinterhof des Brezelhauses tatsächlich ein weißes Zelt? Ein rundes Zelt, das oben spitz zulief und mit bunten Wimpeln geschmückt war?

Sie ging auf die kleine Dame zu. »Was ist passiert?«, fragte sie.

»Ach, das ist ein sehr alter und eigensinniger Schirm, den ich von meiner Ururgroßmutter geerbt habe«, sagte die kleine Dame und schob den Stoff des Schirms ein Stückchen hoch. Nun konnte Lilly sehen, was in dem Schirm steckte. Es war ein leuchtend grünes, sehr lebendiges Chamäleon und es sah Lilly direkt in die Augen!

»Chaka ist über tausend Jahre alt. Meine Ururgroßmutter hat ihm vor vielen Jahren das Leben gerettet und zum Dank dafür ist er bei ihr geblieben«, erzählte die kleine Dame.

Atemlos hörte Lilly zu.

»Aber manchmal, wenn ich nur chamäleonisieren will, spielt Chaka mir einen Streich und macht mich unsichtbar«, fuhr die kleine Dame fort.

»Oh«, sagte Lilly.

»Ich vermute, die Tofografierei war ihm zu aufregend. Es kommt schließlich nicht alle Tage ein Mädchen durch die Ligusterhecke spaziert, das auch noch einen funkelnagelneuen Tofografen mitbringt!«

Jetzt musste Lilly lachen. Als wenn das aufregend wäre! »Es kommt auch nicht alle Tage vor, dass ich über eine kleine Dame stolpere, die ganz zufällig einen tausendjährigen Chamäleonschirm hat und sich unsichtbar machen kann«, sagte sie.

»Nein, das kommt nicht alle Tage vor«, stimmte die kleine Dame zu und hüpfte von ihrem Stuhl.

»Heute ist eben unser Glückstag!«, rief sie. »Unser Glücksglücksglückstag!«

Und das fand Lilly auch.

Doch ehe sie es bemerkt hatten, war der Nachmittag verflogen und Lilly musste nach Hause. Die kleine Dame begleitete Lilly bis zur Hecke und zeigte ihr eine geheime Stelle, an der ein Mädchen leicht hindurchschlüpfen konnte.

Die kleine Dame hielt die Nase in die Luft und schnupperte. »Ich würde sagen, deine Mama holt gerade den Pfannkuchenauflauf aus dem Backofen.«

Lilly roch nichts. Sie hatte auch keinen Hunger. Es gab nur eines, was sie wissen wollte, bevor sie durch die Öffnung in der Hecke schlüpfen konnte. »Kleine Dame, sehen wir uns wieder?«

Die kleine Dame zwinkerte ihr zu und tippte auf ihren Schirm. »Ich werde dir eine Nachricht schicken«, versprach sie.

Und mit diesen Worten spannte sie ihren Schirm auf und ging fröhlich chamäleonisierend auf die alte Weide zu.

Lilly hat ein Geheimnis

Die überbackenen Pfannkuchen dampften in der Auflaufform, als Lilly durch den Flur in die Küche geflitzt kam. Mama hatte das Küchenfenster weit aufgemacht, um die Abendluft hereinzulassen. Papa war dabei, allen Apfelschorle einzuschenken, und Karlchen rief, dass sie den größten Pfannkuchen haben wollte.

Lilly legte ihre Kamera neben sich und ließ sich auf ihren Stuhl fallen.

»Wie war's auf dem Spielplatz?«, fragte Mama und stellte Lilly ihren Teller hin. Lilly betrachtete die dicke goldene Käseschicht auf ihrem Pfannkuchen.

»Hm«, nuschelte sie und stach in eine der Käseblasen. Sollte sie verraten, wo sie gewesen war?

Nur sie wusste von der Blumenwiese hinter der Hecke.

Nur sie wusste von dem Zelt unter der alten Weide.

Nur sie wusste von der kleinen Dame.

Lilly schob sich schnell ein großes Stück Pfannkuchen in den Mund. Sollte sie ihr Geheimnis verraten?

Papa nahm ihren Fotoapparat in die Hand. »Der ist wirklich schön.«

Lilly nickte stolz.

Papa reichte ihn an Mama weiter. »Hast du schon Bilder gemacht?«, fragte sie.

Ja, dachte Lilly und lachte in sich hinein. Von der kleinen Dame und ihrem Chamäleonschirm. Aber davon sagte sie kein Wort.

»Zeig mal!«, krähte Karlchen und streckte ihre kleine Hand nach der Kamera aus.

»Nein«, rief Lilly. »Die gehört mir.«

»Ich will auch sehen«, quakte Karlchen noch lauter.

»Sie gehört aber mir«, verteidigte Lilly ihren neuen Schatz und versteckte den Apparat auf ihrem Schoß.

Klar, jetzt heulte Karlchen los, so laut, wie nur kleine fünfjährige Schwestern losheulen können, dass man sie am liebsten auf den Mond schießen möchte und Mama und Papa gleich wieder ihren »Du-musst-aber-lieb-zu-deiner-kleinen-Schwester-sein-Blick« anknipsen. Und da war er auch schon.

»Du hast doch schon Bilder gemacht«, versuchte Papa sie zu überreden.

»Man muss auch abgeben«, erinnerte Mama sie.

»Aber ganz vorsichtig!«, knurrte Lilly.

Mit Argusaugen sah Lilly zu, wie Karlchen ihre Kamera hochnahm und auf den grauen Bildschirm sah.

»Ich seh nichts«, quietschte sie und nahm die Kamera vor das andere Auge.

»Du musst sie einschalten«, sagte Lilly und wollte Karlchen gerade zeigen, wie sie es richtig machen sollte, da leuchtete plötzlich der Blitz auf und Karlchen hatte Mama, Papa, Lilly und den Pfannkuchenauflauf fotografiert.

Während des Zähneputzens dachte Lilly die ganze Zeit an die kleine Dame. An ihren runden glänzenden Tropenhelm und ihre Safarijacke mit den vielen Taschen. Ja, Lilly hätte gern mit Mama darüber gesprochen, was die kleine Dame in all den Taschen aufbewahrte. Aber die kleine Dame war ja ihr Geheimnis.

Und erst ihr Chamäleonschirm! In Chakas runden Augen hatte Lilly goldgrüne Sprengsel gesehen. War es möglich, dass diese Augen wirklich schon seit tausend Jahren in die Welt sahen? Ja, Lilly hätte ihren Papa gern gefragt, ob es Tiere gab, die so alt werden können. Aber die kleine Dame war ja ihr Geheimnis.

Plötzlich merkte Lilly, dass sie nur noch auf der trockenen Zahnbürste rumkaute.

Karlchen lag schon im Bett und Papa las ihr aus dem alten Märchenbuch vor.

Lilly hörte, wie Mama in der Küche den Tisch abräumte.

Sie holte tief Luft und lief zu ihr. Mama lächelte. »Ich komme gleich zum Gutenachtsagen«, sagte Mama.

Lilly schlang die Arme um Mamas Bauch.

»Nanu, was ist, Lilly?«, fragte Mama und zog sie näher an sich.

Lilly schloss die Augen. Es war herrlich, Mama so ganz für sich allein zu haben.

»Ich möchte dir etwas erzählen. Es ist ein Geheimnis und du musst es gleich wieder vergessen«, sagte Lilly.

»Ich bin eine Schnellvergesserin«, versprach Mama.

»In unserem Hof zeltet die kleine Dame!«, platzte es aus Lilly heraus. Sie zeigte sich auf die Brust. »Sie ist so klein und hat einen Regenschirm, mit dem sie chamäleonisieren kann!«

Mama sagte nichts und Lilly erzählte weiter. »Manchmal wird sie sogar richtig unsichtbar. Aber das liegt nur daran, dass ihr Chamäleon schon tausend Jahre alt ist.«

Mama räusperte sich. ». . . ach so«, sagte sie. »Frau Schultz liest euch in der Schule eine neue Geschichte vor.«

»Das ist keine Geschichte! Sie ist wirklich hier! Ich habe mit ihr gesprochen!«, rief Lilly.

»Mit wem hat mein großes Mädchen gesprochen?«, hörte Lilly Papas Stimme. Ohne dass sie es gemerkt hatte, waren Papa und Karlchen in die Küche gekommen.

»Ich war heute Nachmittag im Hinterhof. Weil ihr alle keine Zeit hattet, euch meine neue Kamera anzusehen«, sagte Lilly wütend. »Das Tor war offen.«

Jetzt hatte sie ihr schönes Geheimnis verraten und Mama und Papa wollten ihr nicht einmal glauben!

Mama sah flüchtig aus dem Küchenfenster. »In unserem Hof zeltet niemand, Lilly«, sagte sie.

»Wer ist die kleine Dame?«, fragte Karlchen.

»Es gibt keine kleine Dame«, sagten Mama und Papa wie aus einem Mund.

Lilly schnaubte wütend. Erwachsene! Wie konnte es nur sein, dass ihr weit geradelter Fahrradtüftlerpapa und ihre kluge Kuchenerfinderinmama sich nicht vorstellen konnten, dass die kleine Dame ihr Zelt im Hinterhof aufgebaut hatte?

»Gibt es wohl«, rief Lilly und lief ans Fenster. Leuchtete da nicht ein Licht?

»Seht doch«, rief sie. »Seht doch, da unter der Weide. Sie hat ihre Laterne angezündet!«

Mama und Papa traten an das Küchenfenster und blickten zu der großen Weide hinüber. Zwischen den dichten Zweigen blitzte tatsächlich ein kleines Licht auf.

»Ach, Liebes, das wird nur ein Glühwürmchen sein«, sagte Papa.

Aber Lilly wusste, dass es kein Glühwürmchen war.

Nach dem Gutenachtsagen war es für eine Weile ganz still im Kinderzimmer.

Schlief Karlchen schon?

»Lilly?«, flüsterte Karlchen. »Erzählst du mir von der kleinen Dame?«

Lilly blickte nach unten zu ihrer kleinen Schwester und ahmte Mamas und Papas Tonfall nach. »Es gibt keine kleine Dame.«

Schweigen.

»Lilly? Wo wohnt sie denn?«, fragte Karlchen.

Karlchen war eine verdammt pfiffige kleine Schwester. Sie ließ sich nichts von den Großen einreden. Lilly kletterte die Leiter nach unten und kuschelte sich neben sie.

»Die kleine Dame wohnt auf der anderen Seite der Hecke in unserem Hof«, begann Lilly zu erzählen.

Sie teilte mit Karlchen ihr ganzes schönes Geheimnis. Und Karlchen glaubte ihr jedes Wort.

Ein Klingelstreich um halb sieben

In ihrem Traum stand Lilly vor dem Tor eines großen Schlosses und klingelte. Sie hörte, wie das Klingeln durch das ganze Schloss schallte und immer lauter und lauter wurde. Sie öffnete die Augen. Da klingelte es wieder. Das Klingeln war kein Traum. Schnell kletterte Lilly von ihrem Bett runter und lief in den Flur.

Papa stand im Pyjama in der Tür und sah mit sehr müden Augen in den hell erleuchteten Hausflur. »Hallo!«, rief er. »Halloooo?«

Grummelnd zog er die Tür wieder zu. Dann bemerkte er Lilly. »Klingelstreiche morgens um halb sieben! Das gibt's doch nicht!«, sagte er und schüttelte ärgerlich den Kopf.

Lilly sah neugierig zur Tür. Wenn da nun die kleine Dame mit aufgespanntem Schirm stand und die gelbe Farbe des Treppenhauses angenommen hatte? Kaum war Papa in Richtung Küche verschwunden, machte Lilly die Tür ganz vorsichtig auf und spähte hinaus. Keine kleine Dame. Lilly tastete die gelbe Wand ab, vielleicht hatte sich die kleine Dame ganz unsichtbar gemacht? Aber da war nur die kühle Wand mit den vielen kleinen Farbknubbeln, die Mama so hässlich fand. Lilly wollte die Tür wieder zumachen, da sah sie über ihrem Kopf einen grünen Schwanz wippen.

Direkt in der Mitte des Türrahmens saß Chaka und sah sie an. Auf seinem Rücken trug er einen silbernen Rucksack.

»Lilly! Willst du Kakao oder Apfelsaft?«, rief Papa aus der Küche.

»Kakao«, antwortete Lilly, ohne das Chamäleon aus den Augen zu lassen. Sie hielt ihm den Arm hin. »Komm«, flüsterte sie.

Langsam, so langsam, wie sich nur ein tausend Jahre altes Chamäleon bewegen kann, kam Chaka heruntergeklettert und stieg auf Lillys Arm. Lilly schloss die Haustür und lief mit ihm ins Kinderzimmer. Karlchens

Bett war leer. Sie schlief sicher wieder in Mamas Bett. Aber an diesem Morgen war es Lilly nur recht, dass sie das Kinderzimmer für sich allein hatte. Sie setzte das Chamäleon auf ihr Bett.

»Ich muss kurz in die Küche«, erklärte sie. »Warte hier.«

Papa saß schon am Frühstückstisch und trank Kaffee. Wo war Mama? Ach ja, heute war ja Dienstag und dienstags fing Mama schon vor Sonnenaufgang in der Bäckerei an.

Lilly setzte sich still an den Tisch und nahm einen Schluck Kakao. Ungeduldig schielte sie auf die Uhr. Zehn vor sieben. Papa schenkte sich seine dritte Tasse Kaffee ein. Gleich würde er seufzen, aufstehen, ins Kinderzimmer gehen – und wer saß dort?

Genau, das Chamäleon der kleinen Dame. Lilly musste verhindern, dass Papa es entdeckte. In einem Zug kippte sie ihren Kakao hinunter und stopfte sich das letzte Stück Brot in den Mund. »Ich geh mich anziehen«, sagte sie und verschwand wieder ins Kinderzimmer.

Doch Chaka war fort! Lilly suchte unter der Bettdecke. Hatte er es sich vielleicht in ihrem Bett gemütlich gemacht? Nein. Lilly suchte die Wände ab. Es konnte ja sein, dass sich das Chamäleon das Zimmer mal verkehrt herum ansehen wollte. Aber da war es auch nicht. Lilly sah im Kleiderschrank und in der Spielzeugkiste nach, im Kaufmannsladen und bei ihren Playmos. Am Ende stand sie auf dem Schreibtisch und versuchte, einen Blick auf ihr hohes Bücherregal zu erhaschen – doch das Chamäleon blieb wie vom Erdboden verschluckt.

Dafür kam Papa mit Karlchen auf dem Arm ins Zimmer. Als er Lilly auf ihrem Schreibtisch sah, noch immer im Nachthemd, machte er ein strenges Gesicht. »Jetzt aber zackizackihühnerkacki, Lilly! Sonst kommst du zu spät zur Schule und ich zu spät in die Werkstatt!«

Papa konnte ja nicht wissen, dass es ein Notfall war. Irgendwo hier im Zimmer saß ein Chamäleon, noch dazu ein ziemlich altes mit einem silbernen Rucksack, das Lilly unbedingt finden musste, bevor sie zur Schule gehen konnte.

Sie sprang vom Tisch. Was sollte sie tun? Solange Papa im Zimmer war, konnte sie nicht weitersuchen. Aber ausgerechnet an diesem Morgen wollte Papa überhaupt nicht mehr aus dem Kinderzimmer rausgehen. Er zog Karlchen das rote Kleid an. Er packte Lillys Schulbrot ein. Lilly wollte einen allerletzten Versuch machen, Chaka zu finden, da setzte Papa ihr schon den Ranzen auf und schob sie zur Haustür.

»Los jetzt«, sagte er und gab ihr einen dicken Papakuss.

Lilly ging durch den Flur und überlegte fieberhaft, wie sie am schnellsten zurück ins Kinderzimmer kam. Sollte sie vielleicht so tun, als ob sie Bauchschmerzen hätte? Sie öffnete die Tür des Brezelhauses und ging hinaus auf den Fußweg. Nein, das war keine gute Idee. Wenn sie krank war, musste Papa zu Hause bleiben und seine Fahrradwerkstatt *Rad & Speiche* musste geschlossen bleiben.

Lilly blieb stehen und sah zu der kleinen goldenen Brezel über der Tür auf. Sie musste Chaka finden! Aber wie?

Das Scharren war sehr leise, so leise, dass Lilly es beinahe nicht gehört hätte. Es hörte sich an, als ob jemand mit den Fingernägeln über Papier kratzt. Lilly setzte den Ranzen ab. Das Scharren wurde lauter. Als sie den Schulranzen aufklappte, streckte Chaka den Kopf heraus.

»Da bist du ja!«, sagte Lilly erleichtert.

Das Chamäleon sah sie mit beiden Augen an, dann rollten die Augen rückwärts und blickten in Richtung des kleinen silbernen Rucksacks. Was wollte Chaka ihr sagen? »Soll ich ihn aufmachen?«, fragte Lilly.

J+N
WAR HIR.

Eine lange Zunge schnellte hervor und schrieb in die Luft ein J.

Also löste Lilly den Gurt des Rucksacks und zog ihn auf.

In dem Rucksack lag ein Brief. Aufgeregt machte Lilly den Umschlag auf und begann zu lesen:

Verwirrt sah Lilly von dem Brief auf.

»Ebeil Yllil?« Was sollte das denn bedeuten? Und Neffertmieheg? Solche Wörter lernte man weder in der zweiten noch in der dritten Klasse, so viel war schon mal klar.

»Weißt du, was Neffertmieheg bedeuten soll?«, fragte Lilly das Chamäleon.

Chaka nickte. Es kringelte den Schwanz zu einem hübschen kleinen Kreis. Leider half das Lilly kein bisschen weiter. Da begann Chaka seine Augen zu drehen, jedes in eine andere Richtung. Die Augen drehten sich immer schneller und schneller. Lilly sah die tanzenden, kreisenden Augen und da fiel ihr plötzlich etwas ein. Auf der Südhalbkugel, hatte die kleine Dame erzählt, bevorzugten die Menschen Rückwärtzisch. War dieser Brief etwa in Rückwärtzisch geschrieben?

Lilly probierte es aus. Schnell holte sie einen Stift aus ihrer Federtasche und ordnete die Buchstaben neu:

E . . . b . . . e . . . i . . . l – l i e b e, . . . Y . . . l . . . l . . . i . . . l.

Da stand ja: Liebe Lilly! Neffertmieheg, puh, das war schwierig! G . . . e . . . h . . . e . . . i . . . m . . . t . . .- r . . . e . . . f . . . f . . . e . . . n. Welches Geheimtreffen? Dann hatte Lilly alle Worte neu aufgeschrieben:

Liebe Lilly,
Geheimtreffen bei der alten Weide.
Bring deinen Tofografen mit. Um drei Uhr.
Deine kleine Dame

Wieder tippte Chakas lange Zunge an Lillys Hand. Die Schule! Die hätte sie fast vergessen. Niemand sah, wie Lilly etwas kleines Grünes in der Toreinfahrt zum Hof absetzte. Kein Mensch bemerkte, wie Chaka durch das Tor schlüpfte und zwischen den Blättern der Ligusterhecke verschwand. Lilly wünschte sich nur, dass es schon drei Uhr wäre.

Der Tanz mit dem Besen

Ich geh zur kleinen Dame«, sagte Lilly und klappte ihr Matheheft zu.

»Es gibt doch keine kleine . . .«, setzte Mama an und unterbrach sich.

». . . hast du denn schon alle Schularbeiten gemacht?«, fragte sie, während sie ein Paket Eier in den Kühlschrank räumte.

»Klaro!«

Lilly hatte geschrieben und gerechnet, ohne die allerkleinste Pause einzulegen. Denn wer will schon zu einem Geheimtreffen zu spät kommen?

»Und was ist mit Louisa und Matz?«

Mama tat zwar ganz beiläufig, aber Lilly merkte genau, dass es ihr überhaupt nicht gefiel, dass sie sich schon wieder mit der kleinen Dame treffen wollte.

»Willst du nicht lieber zu deinen Freundinnen? Ihr könntet Einrad fahren«, sagte Mama.

Lilly schüttelte den Kopf. Louisa und Matz waren Lillys beste Freundinnen. Louisa hatte lange braune Zöpfe und Matz war die beste Einradfahrerin der ganzen Klasse. An einem anderen Nachmittag hätte Lilly nichts lieber getan, als mit den beiden zu spielen, aber jetzt wollte sie zur kleinen Dame.

»Die kleine Dame wartet auf mich! Darf ich los?«, bat Lilly.

Mama zögerte. Was sollte Lilly nur tun, wenn Mama es nicht erlaubte? Das durfte sie nicht zulassen. Sie sah die volle Mülltüte neben dem Küchenschrank und nahm sie auf. »Ich bring auch den Müll runter«, flötete sie.

Mama seufzte. »Na gut, wenn es unbedingt sein muss.«

Ja, es musste unbedingt sein.

»Bis später«, rief Lilly und rannte aus der Küche. Auf der Bank neben der Tür lagen ihre Kamera und ihre Umhängetasche, die sie für ihr Geheimtreffen gepackt hatte. Man wusste ja nie, was man vielleicht brauchen konnte.

Aufgeregt schlüpfte sie aus der Wohnung. Mit drei Sprüngen war sie an der Eingangstür und zog sie auf. Als sie auf den Bürgersteig heraustrat, hörte sie über sich ein Gurren. Lilly sah auf. Oben auf der Brezel saßen zwei Tauben. Die eine hatte hellbraune Federn wie Schokoraspel, die andere war so weiß wie Mehl. Mit flatternden Flügeln versuchten sie, es sich auf dem schmalen Brezelrand bequem zu machen.

»Hey, habt ihr die Leberwurst gesehen?«, fragte Lilly.

Die Tauben sahen zu Lilly hinunter und gurrten. Ihre Köpfe wippten hoch und runter. Es sah fast so aus, als würden sie nicken.

»Hoffentlich bedeutet das nicht Ja«, murmelte Lilly zu sich selbst. Sie sah sich um. Weit und breit keine Leberwurst. Sie horchte. War da irgendwo ein Besen zu hören? Nein. Die Luft war rein und Lilly lief schnell um die Ecke in den Torweg. Pfui Spinne, stank das hier! Und dunkel war es außerdem. Als würden die grauen Wände das gesamte Sonnenlicht aufsaugen. Eilig ging Lilly zu dem großen Müllcontainer. Es war eines dieser Riesenmonster mit einem Riesenmaul, dass man darin eine ganze Kuh versenken konnte. Lilly brauchte beide Hände, um die schwere Klappe aufzuschieben. Endlich gab sie mit einem lauten Quietschen nach.

Mist! Warum musste das Ding so einen Lärm machen? Ölte Leberwurst den Deckel extra nicht, damit er immer sofort hören konnte, wenn jemand Müll wegbrachte? *Tapp. Tapp.* Lilly hielt die Luft an. Kam da jemand? Schnell warf sie die Mülltüte in den Container und zog ihn ganz, ganz vorsichtig zu. Wieder quietschte das Metall.

Ohne lange nachzudenken, schlüpfte Lilly hinter den Container und presste sich in die Ecke.

Tapp, tapp, tapp. Das waren Schritte! Sie kamen näher. Lilly schloss die Augen. *Tapp.* Die Schritte blieben stehen. Lilly rührte sich nicht.

Endlich hörte Lilly, wie die Schritte sich entfernten. Jetzt oder nie. Lilly lugte hinter dem Müllcontainer hervor. Der Torweg war leer. Auf Zehenspitzen schlich sie die letzten Meter auf das Tor zu. Durch die Metallstreben hindurch konnte sie schon die dichte Hecke sehen, hinter der die kleine Dame auf sie wartete. Sie fasste nach der Klinke. *Risch, risch, risch.* Da hörte sie den Besen. Herr Leberwurst fegte direkt auf sie zu.

»Hab ich's doch gerochen!«, schnüffelte er mit seiner dicken, knolligen Nase in Lillys Richtung. »Hier ist ein *Kind!*«

»Ich wollte doch nur . . .«, setzte Lilly an.

»Kannst du nicht lesen?«, bellte Herr Leberwurst. »Hier steht: KINDER VERBOTEN!«

Nun stand die Leberwurst direkt vor ihr. Lilly musste den Kopf nach hinten legen, um zu ihm aufzuschauen. Er war groß und dünn, aber das Schlimmste an ihm waren seine riesigen Nasenlöcher, aus denen Haare wuchsen, die genauso schwarz waren wie die Borsten seines Besens.

»Der Müll. Ich hab nur den Müll runtergebracht«, stammelte Lilly.

Leberwurst beugte sich zu ihr herunter. Seine Nase kam immer näher. »Und!«, zischte er sie an. »Was machst du dann noch hier am Tor?« Er schubste sie unsanft mit seinem Besen an.

Lilly schüttelte den Kopf und hielt sich an der Klinke fest. »Verschwinde!«

Noch mal schüttelte Lilly den Kopf. In diesem Augenblick fühlte sie, wie sich die Klinke in ihrer Hand bewegte.

»Finger weg von dem Tor!«, donnerte Leberwurst. Und ehe Lilly wusste, wie ihr geschah, fegte er sie mit seinem Besen zur Seite.

Doch das Tor ging weiter auf. Leberwurst japste nach Luft. Lilly sah zum Tor. Was geschah hier?

»Ich dachte, ich hole dich besser ab«, hörte sie eine leise Stimme.

Die kleine Dame! Und nun sah Lilly sie auch. Die kleine Dame stand mit aufgespanntem Schirm im Tor und chamäleonisierte so gründlich, dass sie beinahe vollständig mit ihrer Umgebung verschmolz.

Herr Leberwurst sah natürlich überhaupt nichts, außer einem frechen Kind, das von einem Ohr bis zum anderen grinste. Diese Göre machte sich über ihn lustig! Er packte den Stiel seines Besens fester. Es wurde Zeit, dass er hier mal ordentlich durchfegte!

Aber was war mit seinem Besen los? Der Besen bockte. Er fegte nach links, wenn Leberwurst nach rechts fegen wollte. Er fegte nach vorn, wenn er nach hinten fegen wollte.

»Ddddas ggggibt's dddddoch ggggar nnnnnnicht!«, stotterte er.

Vergeblich versuchte er, den Besen in den Griff zu bekommen. Da begann der Besen mit ihm zu tanzen.

»Eins, zwei, drei, linkes Bein.

Eins, zwei, drei, rechtes Bein«, sang eine fröhliche Stimme. Stück für

Stück tanzte die kleine Dame den Hausmeister im Walzerschritt vom Tor weg. Lilly musste lachen.

»Stopp!«, rief Herr Leberwurst wütend. »Stohopp!«

Aber nun sprang der Besen auf seine Schuhe und begann, hin und her zu schrubben, als wollte er sie auf Hochglanz polieren.

»Nein, nein, nein!«, kämpfte Leberwurst wütend gegen den wild gewordenen Besen an.

Schon rutschte dieser von den Schuhen runter und verschwand zwischen seinen Beinen.

Leberwurst musste sich bücken und den Kopf zwischen seine Beine stecken, um den Besenstiel nicht aus den Händen zu verlieren. Sein Kopf sah unter seinem Po durch.

Da entdeckte Herr Leberwurst sie.

Mit zusammengeklapptem Schirm stand die kleine Dame vor ihm und nickte ihm zu.

»Vielen Dank für das Tänzchen«, sagte sie. »Ich finde, das sollten wir bei Gelegenheit wiederholen.«

Herr Leberwurst war wie vom

Donner gerührt. Sah er Gespenster? Oder ging da tatsächlich eine winzige Person im Safarikostüm und Tropenhelm an ihm vorbei? Ehe er sich entscheiden konnte, hörte er ein *Klick* – und das Tor war zugefallen.

»Lauf!«, rief die kleine Dame.

Das musste sie Lilly nicht zweimal sagen. Gemeinsam rannten sie über den raspelkurzen Rasen unter der Teppichstange hindurch auf die Hecke zu.

»Sofort stehen bleiben! Hier ist der Hausmeister!«, schimpfte Leberwurst hinter ihnen her. »Bleibt ihr wohl stehen!«

Nach der ersten Schrecksekunde hatte Herr Leberwurst sich aufgerappelt. Hier ging Unerhörtes vor sich. Etwas eindeutig Verbotenes. Zu allem entschlossen, riss er das Tor auf und setzte zur Verfolgung an. Mit Riesenschritten hetzte er Lilly und der kleinen Dame hinterher.

Nur noch wenige Meter bis zur Hecke. Lillys Herz galoppierte.

Da blieb die kleine Dame plötzlich stehen und drehte sich um!

»Kleine Dame, komm! Sonst kriegt er uns!«, rief Lilly atemlos.

Mit wehenden Nasenhaaren kam Herr Leberwurst auf

sie zu. Zwischen ihnen war nur noch die Teppichstange. Aufgeregt schwenkte die kleine Dame ihren Schirm hin und her.

»Vorsicht! Die . . .«, rief die kleine Dame.

Doch da war es schon passiert. Mit voller Wucht donnerte Herr Leberwurst gegen die Teppichstange und fiel um wie ein gefällter Baum.

». . . Teppichstange«, beendete die kleine Dame ihre Warnung.

Schnell lief sie zurück und hockte sich neben Herrn Leberwurst. Auf seiner Stirn wuchs eine riesige Beule.

»Was für ein Glück, dass ich immer meine Salafari-Heilpaste dabeihabe«, sagte die kleine Dame und holte eine winzige Tube aus ihrer Jackentasche. Lilly trat vorsichtig einen Schritt näher.

»Sie hilft auch gegen Blasen, Moskitostiche und Krokodilbisse«, sagte die kleine Dame und verteilte seelenruhig die Heilpaste auf Herrn Leberwursts Beule.

»Was ist, wenn er aufwacht?«, flüsterte Lilly.

Die kleine Dame lächelte und schraubte die Tube wieder zu. »Keine Angst, der hört die Englein singen.«

Und wirklich, Herr Leberwurst starrte dümmlich vor sich hin und lächelte.

»Außerdem . . .«, fügte die kleine Dame zufrieden

hinzu, ». . . wird er sich an nichts mehr erinnern, wenn er aufwacht.«

»Aber wenn er uns trotzdem sucht?«, fragte Lilly ängstlich. Lilly kannte doch Leberwurst. Der war nicht so leicht auszutricksen.

»Dann wird er uns nicht finden«, erklärte die kleine Dame. »Diese Hecke lässt nämlich nur kleine Leute durch. Und klein ist dieser Lulatsch nun wirklich nicht!«

Grünes Gold

Zu Lillys großer Erleichterung behielt die kleine Dame recht und Herr Leberwurst folgte ihnen nicht.

In den Zweigen der alten Weide spielte der Wind und vor dem kleinen weißen Zelt standen der Rucksack und der Picknickkorb, den die kleine Dame für ihr Geheimtreffen vorbereitet hatte.

Es roch nach warmer Erde und wilden Blumen – nach Abenteuer mit der kleinen Dame. Auf dieser Seite des Hinterhofs war Lilly noch nie gewesen. Die Bäume wuchsen so hoch, dass man die umstehenden Häuser kaum noch erkennen konnte. Nur hier und da lugte ein Schornstein hervor. Hinter dem Zelt führte ein schmaler Trampelpfad in das Dickicht hinein. Hier war ganz sicher seit langer Zeit kein Mensch vorbeigekommen.

Nach einer Weile blieb die kleine Dame stehen. »Sieh nur!«, rief sie und winkte Lilly zu sich. *»Tulipa kaufmaniana.«*

»Tulipawas?«, fragte Lilly.

»Türkische Wildtulpen«, übersetzte die kleine Dame.

Direkt neben dem Pfad breitete sich ein kleiner gelber Blütenteppich aus.

Lilly betrachtete die Blumen. Sie hatten einen zarten Stängel und eine Blüte, die wie ein kleiner Stern geformt war. Die Blütenblätter glänzten gelb und hatten einen weißen Rand. So eine Blume hatte Lilly noch nie gesehen. Dabei wuchs sie doch direkt hier hinter dem Brezelhaus.

»Endlich hab ich sie gefunden!«, rief die kleine Dame.

»Du hast sie gesucht? Warum?«, fragte Lilly.

»Ich suche sie seit vielen, vielen Jahren«, sagte die kleine Dame. »Diese kleine Tulpe ist einzigartig! Sie kommt von den türkischen Bergen. Früher wurde ihr Gewicht sogar in Gold aufgewogen!«

»In Gold?«, fragte Lilly ein wenig skeptisch. Denn auch wenn es eine sehr hübsche Blume war, sah sie doch recht bescheiden aus.

»Viele reiche Kaufleute gaben ein Vermögen aus, nur um eine einzige Tulpenzwiebel zu besitzen«, erzählte die kleine Dame. Sie holte eine Schaufel aus ihrem Rucksack und begann, vorsichtig eine der Tulpen auszugraben.

»Aber wie kommen sie hierher?«, fragte Lilly.

Die kleine Dame grub weiter.

»Ich würde mich nicht wundern, wenn diese Tulpen von einem reichen Hamburger Kapitän eingepflanzt worden sind.« Sie wandte sich zu Lilly. »Vielleicht hatte er früher hier seinen Garten.«

»Hier? Aber hier steht doch das Brezelhaus. Mama sagt, es ist schon über hundert Jahre alt.«

Die kleine Dame hob die Blumenzwiebel behutsam aus der Erde.

»Hundert Jahre sind nichts. Stell dir zweihundert oder noch besser dreihundert Jahre vor. Da waren hier Wiesen, Felder und Gärten.«

Lilly blickte zu den kleinen gelben Tulpen und versuchte, sich dreihundert Jahre vorzustellen. In ihrer Fantasie konnte sie den Kapitän sehen, wie er den Weg von der Elbe hochkam. Er trug seine Kapitänsuniform und in der Hand eine verzierte Schatzkiste, in der auf einem grünen Samtkissen eine große Tulpenzwiebel lag.

»Über die Jahre hat sich die Zwiebel immer wieder geteilt«, fuhr die kleine Dame fort.

»Dann sind das also die Ururenkel der Zwiebel von damals?«, fragte Lilly.

»Aj, os tsi se.« Die kleine Dame schüttelte den Kopf. »Ich meinte natürlich: Ja, so ist es«, sagte sie und verstaute die Tulpenzwiebel in ihrem Rucksack. Dann gab es also Blumen, die länger an einem Ort lebten als die Menschen? Sogar viele Hundert Jahre! Plötzlich sah Lilly die Pflanzen und Blumen mit ganz neuen Augen.

Gespannt folgte sie der kleinen Dame, die jede Wildblume und jedes Gras zu kennen schien. Von Zeit zu Zeit blieb die kleine Dame stehen und schnitt ein Büschel Gräser ab.

»Wiesenrispe«, flüsterte sie und steckte es in ihre Sammeltasche. »Schwingelgras, Natternkopf, Froschkraut.«

Bei jedem Namen lächelte sie, als träfe sie eine gute alte Bekannte wieder. Lilly hörte zu und versuchte, sich die Namen zu merken.

Der Pfad wurde immer schmaler und führte sie tiefer und tiefer in den Hof hinein. Hinter der nächsten Biegung kamen sie auf einen großen Haselnussbaum zu. Die kleine Dame blieb stehen.

»Pscht«, machte sie und legte den Finger auf die Lippen. Auf Zehenspitzen pirschte sie sich an den Baum heran. Lautlos drehte sie sich zu Lilly um und gab ihr ein Zeichen. Lilly kam näher. Was hatte die kleine Dame entdeckt?

»Sieh mal, was hier wächst«, flüsterte die kleine Dame.

Lilly erkannte Brennnesseln, Gänseblümchen und etwas kleines Rotes, das am Fuß des Baumes zwischen den Wurzeln wuchs. »Da sind ja Erdbeeren!«

»Nicht so laut«, raunte die kleine Dame. »Wenn Chaka aufwacht, lässt uns dieser kleine Vielfraß keine einzige übrig!«

Doch in diesem Moment raschelte es schon im Schirm der kleinen Dame und zwei große, hungrige Chamäleonaugen sahen heraus. Flink kletterte Chaka am Rock der kleinen Dame herunter und lief auf die Erdbeeren zu.

»Schnell«, rief Lilly und rannte hinterher.

Die Erdbeeren schmeckten süß und viel zu schnell hatten sie alle aufgegessen. Lilly pflückte ihre letzte Erdbeere und wollte sie gerade in den Mund stecken, da stupste Chaka sie an.

»Du hattest doch sowieso die meisten«, grinste Lilly.

Chaka legte den Kopf schief und klimperte sie an.

»Chaka, lass Lilly ihre Erdbeere«, sagte die kleine Dame.

Aber da hielt Lilly ihm ihre Beere hin.

Mit einem Schmatzen war sie in Chakas Maul verschwunden. Er lächelte selig.

»Jetzt hast du einen Freund«, lachte die kleine Dame.

»Und das ist besser als jede Erdbeere!«, sagte Lilly.

»Obwohl . . .« Ihr Magen knurrte. »Ich könnte auch noch mehr vertragen.«

Die kleine Dame stemmte die Hände in die Hüfte und sah sich um. »Dann lasst uns picknicken!«, schlug sie vor. »Ich finde, hier ist der perfekte Picknickplatz.«

Sie öffnete den Picknickkorb und holte eine große Decke heraus. »Möchtest du ein Brötchen mit Schneckensalami?«

»Schneckensalami?« Lilly verzog angewidert das Gesicht. »Hast du nicht etwas anderes?«

Die kleine Dame sah sie überrascht an. »Wieso? Ich hab sie genauso gemacht, wie es in Pämies Kochbuch für Weltenbummler und Safaristen steht. Das sind Drei-Sterne-Brötchen!«

Widerstrebend nahm Lilly eins und biss von ihrem Drei-Sterne-Schneckenbrötchen ab.

»Leider«, sagte die kleine Dame betrübt, »hab ich heute Morgen keine Schnecken gefunden. Es hat letzte Nacht wahrscheinlich zu wenig geregnet.«

Lilly nickte mit vollem Mund. Sie brachte es einfach nicht fertig zu schlucken.

»Deshalb bin ich zu dem kleinen Laden an der Ecke gegangen und hab Salami gekauft.« Die kleine Dame sah Lilly fragend an. »Das macht dir doch nichts?«

Lilly schluckte und grinste. »Nö, überhaupt nicht! Das sind trotzdem klasse Drei-Sterne-Brötchen.«

Die kleine Dame lächelte und packte weiter aus: Da kam ein Brathähnchen zum Vorschein und eine große Schüssel Kartoffelsalat, frische Maiskolben und rote Paprikaherzen, Schokoladenmuffins und tischtennisballgroße Kaugummis. Zum Schluss nahm die kleine Dame eine silberne Teekanne aus dem Korb und schenkte Lilly, Chaka und sich selbst ein.

»Zucker?«, fragte sie.

Chaka nickte und die kleine Dame tat ihm vier Stück Würfelzucker in seine Tasse. »Es geht doch nichts über eine schöne Teezeit«, sagte sie und nippte an ihrer Tasse.

Ja, das fand Lilly auch. Vor allem, wenn es Kaugummi zum Tee gab. Lilly nahm sich eine der Kugeln, kaute sie und machte eine Blase. Die Blase wuchs und wuchs. Lilly schielte zu ihrer Nasenspitze. Nun war sie schon so groß wie ein Fußball!

»Bitte Luft anhalten«, sagte die kleine Dame. Und dann machte sie ein Foto von Lilly und der größten Kaugummiblase der ganzen Stadt.

Besuch in der Bäckerei

Die Ladentür ging mit einem hellen Bimmeln auf. Lilly sah zur Tür. Ein Vater mit drei Kindern kam herein. Lilly seufzte. Wo blieb nur Mamas Kollegin, Frau Schnacksel?

Sie sah zur Uhr, die hinter dem Tresen an der Wand hing. Es war schon fünf nach drei. Und um drei Uhr hatte Mama doch Feierabend!

Wieder sprang der Uhrzeiger eine Minute weiter. Langsam wurde Lilly ungeduldig. Donnerstag war Mamas freier Nachmittag. Am Donnerstag ging Lilly direkt von der Schule zur Bäckerei. Sie durfte auf dem Barhocker am Fenster sitzen. Im Sommer bekam sie Apfelsaft, im Winter eine heiße Schokolade. Lilly saß gern am Fenster und wartete darauf, dass Mama gehen konnte.

Auf dem hohen Stuhl konnte man herrlich mit den Beinen wackeln. Lilly wackelte ausgiebig mit den Beinen und sah den Leuten zu, die sich am Tresen Kuchen aussuchten. Sollte es ein Kirschstreusel sein oder lieber eine Mohnschnitte? Ein Stückchen Apfelquark oder eine Zimtschnecke? Ja, das waren schwere Entscheidungen. Viele fragten Mama um Rat. Und Mama wusste immer, welcher Kuchen der richtige war. Denn mit Mamas Kuchen war es so ähnlich wie mit guter Medizin: Er konnte gesund und glücklich machen.

Lilly liebte die Bäckerei. Hier war alles schön: Der alte Tresen, den Mama dunkelgrün gestrichen hatte. Die glänzenden Bleche, auf denen der duftende Kuchen lag. Aber am allerschönsten war der Kuchen, der oben auf dem Tresen unter der gläsernen Glocke thronte.

Dieser Ehrenplatz war nur für Mamas neue Kuchenerfindungen reserviert. Heute war es die Birnen-Kokos-Torte, die Mama am Vorabend zu Hause gebacken hatte. Die ganze Wohnung hatte nach Kokosnuss geduftet.

Lilly sah wieder zur Uhr. Zehn nach drei. Seit über einer halben Stunde saß sie nun auf dem Hocker am Fenster und wartete.

Sie hatte genug mit den Beinen gewackelt.

Sie hatte genug Apfelsaft getrunken.

Sie wollte jetzt los.

Wieder läutete die Türglocke. War das endlich Frau Schnacksel? Lilly sah zur Tür und zuckte zusammen.

Herr Leberwurst betrat den Laden! Was machte denn die Leberwurst hier?

Ohne zu zögern, ließ Lilly sich vom Hocker gleiten und versteckte sich unter dem Tisch. Wie immer, wenn der Hausmeister einkaufen ging, trug er seinen grauen Altherrenhut und einen klein karierten Einkaufsbeutel. Von ihrem Versteck aus konnte Lilly sehen, wie er seine Nase aufblähte und schnüffelte. Die Nasenhaare zuckten. Doch außer dem kräftigen süßen Kuchenduft konnte selbst einer wie Herr Leberwurst nichts riechen.

»Guten Tag«, begrüßte Mama ihn. »Ein Paket Knäckebrot, wie immer?«

»Hm, hm. Aber diesmal richtig trocken, wenn's geht«, schnarrte Herr Leberwurst.

Mama nahm ein Paket aus dem Regal und stellte es auf den Tresen. »Bitte schön. Extra trocken Herr . . .« Mama verstummte mitten im Satz.

Lilly bemerkte, wie Mama Herrn Leberwurst erschrocken musterte. »Aber Herr Leberwurst! Was haben Sie denn *da* gemacht?«

Oh nein, jetzt hatte Mama Leberwursts Beule entdeckt. Lilly sah, wie der Hausmeister sich an die Stirn fasste. »Keine Ahnung. Keine Ahnung«, murmelte er. »Bin wohl gestolpert.«

»Soll ich Ihnen etwas zum Kühlen holen?«, fragte Mama. »Oder möchten Sie vielleicht ein Stück von der Birnen-Kokos-Torte probieren?«

»Keine Zeit«, knurrte Herr Leberwurst. »Sie wissen es vielleicht nicht. Aber in den letzten Tagen haben *Kinder* in meinem Torweg gespielt. Ihre Tochter war auch dabei!«

Bei diesen Worten blickte er sich suchend um, als spürte er, dass sich in seinem Rücken genau dieses eine Kind versteckte.

Mama beugte sich vor und sah Herrn Leberwurst direkt an. »Ich wüsste nicht, seit wann der Torweg Ihnen allein gehört, Herr Leberwurst«, sagte Mama.

Leberwurst trat einen Schritt zurück. »Als Hausmeister trage ich die Verantwortung für den Torweg und den Hinterhof! Ihre Tochter hat dort nichts verloren!«

Mama verschränkte die Arme vor der Brust. »Das sehe ich anders!«, erwiderte sie. »Wo sollen die Kinder denn Ihrer Meinung nach hin? Sie können sich doch nicht in Luft auflösen.«

Herr Leberwurst wandte sich zur Tür. »Bedauerlicherweise nicht.« Sein Ton wurde drohend. »Aber so wahr ich Leberwurst heiße, mit dem Unfug ist jetzt Schluss!«, sagte er und rauschte zum Ausgang.

Doch gerade in dieser Sekunde hastete Mamas Kollegin in die Bäckerei und stieß mit Herrn Leberwurst zusammen. Zwei-, dreimal kreisten sie umeinander. Dann taumelte Herr Leberwurst hinaus und Frau Schnacksel stolperte herein.

»So ein Esel!«, schimpfte sie.

Mama kam hinter dem Tresen hervor. »Ein Riesenesel!«, nickte sie. »Bei Ihnen ist alles in Ordnung, Frau Schnacksel?«

Frau Schnacksel nickte und ging kopfschüttelnd hinter den Tresen. »Leute gibt's. Leute gibt's! Sollten alle mehr Kuchen essen, dann wären sie nicht so grimmig!«

Da entdeckte Mama Lilly, die noch immer unter dem Tisch hockte.

»Und du? Können wir los oder suchst du etwas Bestimmtes?«

Lilly kroch aus ihrem Versteck. »Nein. Es ist nur. Leberwurst . . .«

»Herr Leberwurst.«

»Herr Leberwurst ist fies.«

Mama seufzte. »Ich weiß. Aber du musst doch auch nicht ausgerechnet im Hinterhof spielen«, sagte Mama und nahm ihre Schürze ab.

Lilly verdrehte die Augen. Mama hatte ja keine Ahnung! Natürlich musste sie in den Hinterhof! Leberwurst führte etwas im Schilde. So viel stand fest. Und sie musste die kleine Dame so schnell wie möglich warnen.

Abgeschlossen

Warum konnte Mama nicht schneller gehen? Wollte sie auf offener Straße einschlafen?

Obwohl es total überflüssig war, hatte Mama darauf bestanden, dass Lilly mit zum Kindergarten kam, um Karlchen abzuholen.

Dabei war sie doch schon acht und wirklich groß genug, die paar Meter von der Bäckerei allein nach Haus zu gehen.

Aber Mama ließ nicht mit sich reden. Es war ihr freier Nachmittag und den wollte sie gemütlich mit ihren beiden Mädchen verbringen.

Von wegen gemütlich! Lilly klangen Leberwursts Worte noch immer in den Ohren: »Mit diesem Unfug ist jetzt Schluss!« Es schauderte sie und sie ging schneller.

Hoffentlich dauerte es im Kindergarten nicht so lange.

Als sie eine halbe Stunde später endlich mit Karlchen um die Ecke des Brezelhauses bogen, war Lilly nicht mehr zu halten.

Sie wollte jetzt sofort in den Hof zur kleinen Dame laufen.

Aber da sah sie ihn.

Herr Leberwurst stand neben seinem mausgrauen Moped und machte den Verschluss seines Helms zu. Schnell sprang Lilly einen Meter zurück und versteckte sich hinter Mama. Die Leberwurst durfte sie auf keinen Fall sehen.

Doch Herr Leberwurst schien seltsam unaufmerksam zu sein. Denn ohne sich noch ein einziges Mal umzusehen, stieg er auf sein Moped und knatterte davon. Lilly fiel ein Stein vom Herzen. Den war sie los.

Sie kamen am Brezelhaus an.

»Und du willst wirklich im Hof spielen?«, fragte Mama zum zehnten Mal, seit sie den Kindergarten verlassen hatten.

»Jaaa, Mama!«, sagte Lilly.

Mama seufzte und holte den Haustürschlüssel aus ihrer Tasche. »Aber da bist du ganz allein«, stellte sie fest.

»Ich bin nicht allein«, erklärte Lilly ihrer Mutter. »Die kleine Dame ist doch da.«

Komischerweise schien Mama das noch weniger zu gefallen.

»Nur eine halbe Stunde, bitte, Mama.«

»Na gut«, gab Mama nach. »Wenn dir im Hof langweilig wird, weißt du ja, wo du uns findest.«

»Jaa!«

Mama und Karlchen verschwanden im Flur. Lilly wollte gerade loslaufen, da hörte sie über sich ein Flügelschlagen. Sie sah zur Brezel. Die Tauben waren wieder da. Sie bauten oben auf der Brezel ein Nest. Lilly hoffte, dass Herr Leberwurst es nicht entdecken würde. Denn Taubennester waren ganz bestimmt auch verboten!

Lilly lief in den Torweg. Hier war doch etwas anders! Sie blickte sich um. Neben dem Schild *»Kinder verboten«* hing ein neues, noch viel größeres Schild. Lilly las:

Schrumpflinge? Damit konnte nur die kleine Dame gemeint sein. Und das bedeutete, dass der Hausmeister sich sehr wohl an die kleine Dame erinnerte. Vielleicht sogar an das Tänzchen und die Teppichstange? Lilly ging weiter zum Tor und drückte die Klinke. Sie musste unbedingt mit der kleinen Dame sprechen. Doch das Tor rührte sich nicht!

Da entdeckte Lilly das dicke Schloss, das an einer Eisenkette hing. Herr Leberwurst hatte das Tor abgesperrt! Mit aller Kraft zerrte Lilly an dem Schloss. Aber es war ein sehr starkes Schloss und gab keinen Millimeter nach. Was sollte sie nur tun? Sie konnte nicht in den Hof hinein. Und was noch schlimmer war, die kleine Dame kam nicht mehr heraus.

»Kleine Dame«, rief Lilly zaghaft.

»Kleine Dame!«

Nichts rührte sich im Hof. Durch die Stäbe konnte Lilly bis zur Hecke sehen. Dahinter schimmerte die silbergrüne Krone der alten Weide und zwischen ihren Zweigen blitzte das weiße Zelt der kleinen Dame auf.

Lilly nahm all ihren Mut zusammen.

»KLEINE DAME! Bist du da?«, rief sie dieses Mal, so laut sie konnte. Ihre Stimme hallte im Torweg wider. *Kleine Dame, kleine Dame, kleine Dame. Dame. Dame.*

Lilly war sich sicher, dass Leberwurst sie hören musste, selbst wenn er auf dem Mond säße. In der Hecke knackte es. Lilly sah, wie sich zwischen den Zweigen ein Fernrohr hindurchschob. Es zeigte genau in ihre Richtung. Lilly winkte. Da trat die kleine Dame aus der Hecke. In bester Safarilaune spazierte sie über den Rasen auf das Tor zu.

»Hocherfreut, hocherfreut! Ich dachte schon, ich müsste allein auf Salafari gehen. Ich dachte, Lilly fürchtet sich vielleicht vor den wilden Tieren.« Bei den letzten Worten sah sie Lilly prüfend an.

Doch Lilly schüttelte nur den Kopf. »Sieh nur!«, rief

sie aufgeregt. »Herr Leberwurst hat das Tor abgeschlossen!«

»Bei den Öhrchen meiner Großmutter!«, rief die kleine Dame und nahm das Schloss unter die Lupe. »Dieser verflixte Verbieterich!« Sie stampfte mit dem Fuß auf. »Dieser spinnenbeinige Fegerich, dieser nasenhaarige Miesepeter!« Die kleine Dame schnappte nach Luft.

»Kannst du das Schloss nicht aufmachen?«, fragte Lilly.

Die kleine Dame sah sie erstaunt an. »Habe ich vielleicht den Schlüssel zu diesem Schloss? Oder sehe ich so aus wie ein Einbrecher, der extra sichere Schlösser knackt?«

»Nein. Aber du kannst doch so vieles. Chamäleonisieren! Rückwärtzisch und Vorwärtzisch!«, erinnerte Lilly die kleine Dame.

Die kleine Dame nickte ernst. »Ja, ich kann so das ein oder andere. Vielleicht sogar noch ein bisschen mehr. Und glaub mir, wenn die alte Leberwurst hier einen Löwen als Wachhund vor das Tor gelegt hätte, es wäre ein Kinderspiel für mich. Aber . . .«, sie sah wieder auf das Schloss. »Für so ein Schloss brauche ich einen Schlüssel, genau wie du.«

Lilly ließ die Schultern hängen. Dann würde sie nie

wieder zur kleinen Dame in den Hof gehen können? Ihr war zum Weinen zumute. Die kleine Dame spielte mit ihrem Schirm und überlegte. »Schon möglich«, murmelte sie. »Doch, doch, verwirbeln, verzwirbeln . . . jaja.«

Lilly wartete.

Die kleine Dame tippte dreimal mit dem Schirm auf den Boden und sah Lilly mit blitzenden Augen an. »Im Dschungel gibt es ein Gesetz! Wenn der eine Weg versperrt ist, such dir einen neuen.«

Aha. Sollten sie vielleicht einen Tunnel graben? Im Dschungel mochte das gehen, aber hier in der Stadt galten andere Regeln.

»Es gibt aber nur dieses eine Tor zum Hof«, stellte Lilly fest. »Die anderen Häuser haben keinen Zugang.«

»Nun, nun. Wer wird denn den Kopf hängen lassen? Nur Mut, Lilly! Es gibt immer einen anderen Weg. Ich muss nur ein wenig meine Gedanken verzwirbeln. Lass mich ein wenig chamäleonisieren, das hilft immer.«

Mit diesen Worten spannte sie den Schirm auf und verfärbte sich von unten nach oben in dem scheckigen Braungrün des Rasens. Mit konzentrierter Miene hüpfte sie die Rasenkante entlang. Erst die eine Seite hinauf, dann die andere hinunter. Dabei hielt sie den Schirm nach oben wie eine Seiltänzerin. Schritt für

Schritt entfernte sie sich vom Tor. Lilly konnte sie kaum noch sehen. Da fiel Lilly etwas auf. Ganz langsam veränderte sie ihre Farbe. Ihre Schnürstiefel waren schon ganz rot. Backsteinrot. Noch einen Schritt. Nun stand die kleine Dame direkt vor dem gemauerten Treppenaufgang. Das Rot zog sich bis zu ihrem Bauch. Lilly staunte. So zweifarbig hatte sie die kleine Dame noch nicht gesehen. Oben grün und unten rot. Backsteinrot! Das war's.

»Die Treppe! Kleine Dame, die Treppe führt in den Keller!«

Die kleine Dame machte einen kleinen Hopser. »Hab ich's nicht gesagt? Es gibt immer einen neuen Weg.«

Da verdüsterte sich Lillys Gesicht. »Aber das Kellerlicht ist kaputt«, stöhnte sie.

Die kleine Dame lächelte. »Ist es so dunkel wie im Dschungel bei Nacht?«

»Dunkler«, sagte Lilly. »Viel dunkler.«

»Na, worauf wartest du dann?« Die kleine Dame wollte wieder zu dem Treppenaufgang gehen.

Lilly rührte sich nicht

Die kleine Dame legte den Kopf schief. »Ist es zu dunkel?«

»Ja! Viel zu dunkel«, flüsterte Lilly.

Die kleine Dame klappte ihre linke Jackentasche auf und zog etwas heraus. Es war eine Taschenlampe. Sie knipste sie an und leuchtete durch die Stäbe in den dunklen Torweg. Plötzlich war es richtig hell.

»Hier«, sie reichte Lilly die Lampe. »Die hatte ich bei meiner letzten Höhlenwanderung dabei. Sie ist eine sehr zuverlässige Taschenlampe.«

Lilly strahlte. »Also bis gleich«, rief sie und rannte los.

Wie gut, dass die Haustür zum Brezelhaus nie abgeschlossen ist. Schnell schlüpfte Lilly hinein und rannte die Treppe hinunter, die in den Keller führte. Sie

schob die kalte Kellertür auf und schaltete die Lampe an. Vor ihr lag der lange, schmale Kellergang. Ein paar Mäuse huschten davon. Lilly ließ das Licht über die Wände wandern. Die Farbe hatte Risse und links und rechts gingen die Holztüren zu den einzelnen Verschlägen ab. Die Tür, die in den Hof führte, musste ganz am anderen Ende des Ganges liegen. Lilly holte tief Luft und fasste die Taschenlampe fester. Noch konnte sie nichts erkennen. Sie lief ein paar Schritte. Plötzlich rauschte es laut neben ihr. Lilly sprang zurück. Sie leuchtete hin und her und bemerkte ein dickes Rohr oben an der Decke. Ah, hier lief das Wasser durch. Sie ging weiter. Ihr Herz klopfte laut. Nur noch wenige Meter, dann war sie an der Stelle, wo sich der Gang teilte.

Von der Decke seilte sich eine Spinne ab. Lilly wich ihr aus. »Ich lass dich in Ruhe. Und du lässt mich in Ruhe«, flüsterte sie und wollte weitergehen. Da hörte sie das Scharren. Lilly horchte und leuchtete. Das Scharren kam näher. Woher kam es? In diesem Augenblick berührte etwas ihren Fuß. Lilly schrie auf und flüchtete blindlings nach vorn.

Doch das Scharren folgte ihr. Plötzlich ging es nicht mehr weiter. Lilly stand vor einer Wand. In ihrer Angst hatte sie den falschen Gang genommen. Nun war das Scharren ganz, ganz nah. Lilly schluckte, drehte sich um und leuchtete auf den Boden.

Es war Chaka.

»Du!«, rief Lilly erleichtert. »Hast du mir einen Schrecken eingejagt!«

Das Chamäleon kam näher und grinste sie an. Lilly hockte sich zu ihm und streichelte seinen Rücken. Das fühlte sich gut an.

»Ich dachte, du bist Leberwurst«, flüsterte Lilly.

Chaka wandte sich beleidigt ab. Für Herrn Leberwurst gehalten zu werden, war wirklich kein Kompliment.

»Chaka, das war doch nicht so gemeint!« Lilly leuchtete mit der Taschenlampe in den schwarzen Gang hinein. »Weißt du, wie wir hier rauskommen? Langsam find ich's ungemütlich.«

Chaka nickte und drehte sich um. Wieder hörte Lilly das Scharren. Es kam von Chakas Krallen auf dem Betonboden. Doch dieses Mal hatte Lilly keine Angst, sondern sie lief hinter dem Chamäleon her.

Nur wenige Meter weiter stand eine schmale Tür offen. Die hatte Lilly gar nicht bemerkt. Gerade sah sie noch, wie Chakas Schwanz durch den Türspalt huschte, dann war er aus dem Lichtschein verschwunden.

Chaka hatte ihr die richtige Tür gezeigt. Sonnenlicht fiel auf die gemauerten Stufen. Lilly musste blinzeln. Sie war wirklich froh, aus dem dunklen Keller rauszukommen. Und oben auf dem Treppenabsatz saß die kleine Dame und wartete auf sie.

Salafari

Das Brombeergestrüpp war so hoch, dass Lilly kaum den Himmel erkennen konnte, und so dicht, dass sich immer wieder Ranken in ihrem T-Shirt verhakten. Vor ihr ging die kleine Dame und bog mit dem Schirm die dornigen Zweige auseinander. »Ist das nicht eine besonders wilde Wildnis?«, rief sie begeistert.

Wieder pikste Lilly ein dicker Dorn. »Na ja«, grummelte sie und befreite sich. »Ein paar Dornen weniger wären aber auch nicht schlecht.«

Die kleine Dame drehte sich zu Lilly um und schüttelte den Kopf. »So ist das nun einmal auf einer richtigen Salafari. Und je dicker das Dickicht, desto mehr Tiere treffen wir. Wart's nur ab.«

Von rechts zirpte es. Die kleine Dame blieb stehen und lauschte. Es zirpte zum zweiten Mal. Lilly sah sich um. Ganz nah saß ein schöner, kleiner Vogel auf einem Zweig und pickte in eine Frucht. Seine Brust leuchtete rot, der kleine Kopf war schwarz und er trug ein graues Flügelkleid.

»Ein Dompfaffmännchen«, flüsterte die kleine Dame.

»Ich würde mich nicht wundern, wenn er ganz in der Nähe sein Nest hat. Mach doch ein Foto.«

Lilly versuchte, ihre Umhängetasche so leise wie möglich zu öffnen. Vorsichtig nahm sie ihre Kamera heraus. *Klick.* Doch statt des leuchtenden Vogels fotografierte sie nur noch den wippenden Zweig. Der Dompfaff war weggeflogen.

»Mist!«, sagte Lilly enttäuscht und ließ die Kamera sinken.

Die kleine Dame legte Lilly die Hand auf die Schulter. »Mach dir nichts draus, Lilly!«, sagte sie. »Es ist sehr, sehr schwer, wilde Tiere zu fotografieren.«

Der Meinung war Lilly auch. »Besonders wenn sie fliegen können«, sagte sie. »Aber jetzt behalte ich meine Kamera draußen. Wenn uns das nächste Tier begegnet, hab ich sie sofort vor der Nase.«

Die kleine Dame grinste.

»Ich sehe schon, aus dir wird noch eine richtige Salafari-Tofografin.«

Schon bald hatten sie das Brombeerdickicht hinter sich gelassen und betraten freies Gelände. Hier wuchs das Gras noch höher. Kornblumen, Knöterich und Wilde Kamille streckten sich zwischen den Gräsern der Sonne entgegen. Die kleine Dame legte den Finger auf die Lippen und sah sich um.

»Siehst du es?«

Was meinte die kleine Dame nur?

»Auf diese Wiese hat noch kein einziger Mensch seinen Fuß gesetzt!«

Die kleine Dame machte eine kleine Pause. »Wir sind die *ersten!*«, sagte sie feierlich.

Die Ersten zu sein, war ein wunderbares Gefühl, das merkte Lilly gleich. Die kleine Dame holte ihr grünes Notizbuch aus der Tasche und kniff die Augen zusammen. »Das muss ich notieren.«

Lilly sah ihr über die Schulter. In welcher Sprache würde die kleine Dame wohl heute schreiben?

Im Hinterhof des Brezelhauses
53° Grad 33 nördlicher Breite,
9° Grad 55 östlicher Länge.
Wir befinden uns auf dem zweiten Teil unserer Salafari. Vor uns liegt eine unberührte Grasebene. Wohin uns der nächste Schritt führen wird, wir wissen es nicht. Aber wir gehen mutig weiter, entschlossen, dieses unbekannte Land zu entdecken . . .

Während die kleine Dame ihren Eintrag in das grüne Notizbuch machte, war Chaka aus dem Rucksack geklettert. Ohne dass Lilly oder die kleine Dame es bemerkten, machte Chaka sich auf seine ganz eigene Entdeckungsreise.

Es war ein lang gezogener Schrei, den Lilly hörte. Die kleine Dame sah von ihren Notizen auf. Zwischen den Dächern des Hofes, weit über ihnen kreiste ein Falke und lahnte. Die kleine Dame kniff die Augen zusammen.

»Siehst du, wie er in der Luft steht? Er muss eine Beute entdeckt haben«, sagte die kleine Dame.

Von unten hatten seine Flügel weiße Flecken und Lilly ahnte, wie scharf und gefährlich seine Krallen waren. Sie hob die Kamera.

Da rannte die kleine Dame los.

»Chaka!«, schrie sie. »Chaka!«

Der Falke setzte zum Sturzflug an. Unten auf der Wiese blinzelte ein tausendjähriges Chamäleon in die Sonne und ahnte nicht, dass es Vogelfutter werden sollte.

»Chaka!«, rief die kleine Dame wieder und warf sich schützend über ihren Freund. Keine Sekunde zu spät.

Denn schon packten die Krallen des Falken zu. Für einen Moment hing der Tropenhelm der kleinen Dame in der Luft. Dann begriff der Falke, dass diese Beute für ihn zu schwer war, und ließ los. Lilly sah, wie der Falke noch einen Halbkreis über die kleine Dame zog. Wo war der kleine grüne Leckerbissen geblieben? Verärgert schrie der Falke und flog auf. Lilly ließ sich neben der kleinen Dame ins Gras fallen.

»Geht es Chaka gut?«

Die kleine Dame schnaufte.

»Ja.«

Sicher und wohlbehalten saß das Chamäleon auf dem Arm der kleinen Dame.

»Mein lieber, lieber Chaka«, sagte die kleine Dame und drückte ihr Chamäleon fest an sich. »Wir müssen noch besser auf dich aufpassen.«

»Wollen wir vielleicht umkehren? Damit Chaka sich von dem Schock erholen kann?«, schlug Lilly vor.

Die kleine Dame stand auf. »So ist das nun mal auf einer richtigen Salafari«, sagte sie. »Aber von jetzt an gehen wir getarnt.«

Und mit diesen Worten holte sie das Oberteil ihres Schirms aus dem Rucksack. Sie ließ Chaka hineinklettern, spannte den Schirm auf und nahm eins, zwei, drei das bunt gesprenkelte Grün der Wiese an.

»Komm mit unter den Schirm!«, forderte die kleine Dame Lilly auf und streckte ihre kleine Hand aus. Lilly nahm sie und stellte sich neben die kleine Dame unter den Schirm. Es kribbelte vom kleinen Zeh bis zum Ohrläppchen und zum ersten Mal in ihrem Leben chamäleonisierte Lilly.

Aber das ist nun mal so auf einer richtigen Salafari.

Die kleine Dame musterte Lilly zufrieden.

»Sehr schön! Mit dieser Tarnung sind wir sicher und können uns überall anpirschen.«

Sie gingen weiter.

»Hab ich dir gesagt, dass wir auf der Suche nach einer Wasserstelle sind?«

Lilly schüttelte stumm den Kopf. Gebannt sah sie auf ihre Füße und Beine, die bei jedem Schritt ihre Farbe veränderten. So wie es helle und dunkle Gräser gab, blaue und gelbe Blumen, so chamäleonisierte Lilly munter mit. Solange sie neben der kleinen Dame unter dem Schirm blieb, war sie beinahe unsichtbar!

So erreichten sie das andere Ende der großen Wiese. Dort stand verborgen von Efeu und wildem Wein ein alter gemauerter Schuppen.

»Was ist denn das für ein seltsames Zelt?«, fragte die kleine Dame und steuerte direkt auf den Schuppen zu.

An der Seite befand sich ein kleiner Anbau mit gemauertem Schornstein.

»Das ist kein Zelt. Das ist ein Backofen«, stellte Lilly fest. Was machte denn ein Backofen mitten im Hinterhof des Brezelhauses? Schon steckte die kleine Dame ihren Kopf in die Öffnung.

»Es ist . . . es ist . . . hatschi!«, nieste die kleine Dame. Sie zog den Kopf wieder heraus.

»Ein bisschen staubig«, sagte Lilly.

Die kleine Dame klopfte sich den Staub von der Jacke. »Ich wette, hier hat seit hundert Jahren niemand mehr gebacken.«

Lilly sah den alten Backofen nachdenklich an. »Ich glaube, im Brezelhaus hat es mal einen Bäcker gegeben. Ganz, ganz früher. Mama hat so etwas erzählt.«

Aber die kleine Dame hörte ihr gar nicht mehr richtig zu. Sie stand vor der niedrigen Schuppentür und zeigte auf die kleine Stelle, die der Efeu frei gelassen hatte.

Dort über dem Türrahmen war eine kleine Brezel eingelassen. Sie war genauso fein geschwungen wie ihre große Schwester, die über dem Eingang des Brezelhauses hing – nur golden war sie kein bisschen mehr.

»Das wird ja immer brezeliger!«, sagte die kleine Dame und schob die Tür auf. Vor ihnen lag die alte Backstube. Lilly schnupperte. Es kam ihr vor, als hinge noch ein Hauch von Puderzucker und Butter in der Luft. Die kleine Dame ging zu der langen Arbeitsplatte, auf der eine alte Waage stand. Sie drückte die silberne Schale hinunter, sodass der Zeiger auf 500 Gramm schnellte.

»Eine Waage«, sagte Lilly. Als Tochter einer Kuchenerfinderin kannte sie sich mit allen Backgeräten bestens aus.

»Naturalement. Une petite balance«, flüsterte die kleine Dame.

»Üne was?«, fragte Lilly. War das wieder Rückwärtzisch? Meinte die kleine Dame *Enü?*

»Une balance. Das ist französisch und heißt eine Waage. Siehst du hier die Aufschrift?«

Während die kleine Dame die Waage weiter untersuchte, ging Lilly zu den Regalen, die auf der anderen Seite an der Wand hingen. Einige Bretter waren ganz schief, an anderen blätterte die Farbe ab. Früher hatten hier sicher das Mehl und das Salz, die Eier und der Zucker gestanden.

Jetzt waren die Regale leer. Lilly blinzelte. Lag da etwas auf dem dritten Brett? Sie streckte sich, bis ihre Finger das Ding berührten. Es fühlte sich trocken an. Vorsichtig zog Lilly es herunter. Es war ein blaues, vergilbtes Schulheft.

»Kleine Dame!«, rief sie. »Kannst du das lesen?«

Auf dem Umschlag stand etwas in sehr schnörkeligen Buchstaben. Die kleine Dame sah auf den Umschlag. *»Les recettes d'Auguste Pain – Ottensen 1899«*, las sie vor.

»Ist das schon wieder französisch?«, fragte Lilly.

»Allerdings. Das heißt: Die Rezepte von Auguste Pain – Ottensen 1899. Blättre mal weiter.«

Lilly schlug das Heft auf. Wieder sah sie die kleinen schnörkeligen Buchstaben. Es war kein normaler Text. Das erkannte Lilly sofort. Aber diesmal waren die Worte auf Deutsch geschrieben: »50 Eier, 10 Kilo Weizenmehl, 15 Pfund Butter.«

»Das ist ja ein Backbuch!«, staunte Lilly.

»Das Backbuch von Auguste Pain.«

»Ohgüste Peng?«

»Pain«, wiederholte die kleine Dame gedehnt. »Das heißt Brot.«

»Dann hat hier wirklich mal ein Bäcker gelebt!«, rief Lilly.

»Ein französischer Brezelbäcker«, nickte die kleine Dame. Lilly blätterte von Seite zu Seite. »Deshalb hängt über unserem Haus eine goldene Brezel. Deshalb steht hier ein alter Bäckerschuppen!«

Die kleine Dame sah Lilly an. »Hab ich mir doch gleich gedacht, dass die goldene Brezel nicht zufällig über deiner Tür hängt.«

»Und jetzt haben wir sogar das Brezelbackbuch!«, sagte Lilly und steckte es in ihre Tasche.

Plötzlich raschelte es draußen am Fenster. Mit einem Schritt stand die kleine Dame an der trüben Glasscheibe und schaute hinaus. »Ein wildes Tier!«, flüsterte sie.

Sie schlichen hinaus. Hinter dem Efeu verborgen spähten sie um die Ecke des Schuppens. Unter dem

Fenster in einer kleinen Nische saß es. Sein buschiger brauner Schwanz wippte hin und her.

»Eine Katze«, sagte Lilly leise zur kleinen Dame.

Da wandte sich das Tier um. Es hatte runde schwarze Augen, eine lange, schmale Schnauze und vorne am Hals war sein Fell schneeweiß.

»Das ist keine Katze!«, stieß Lilly überrascht aus.

»Das ist ein Marder«, sagte die kleine Dame. »Ein Steinmarder.«

»Ein echter Steinmarder!?« Lilly konnte es nicht fassen. »Aber was macht ein Steinmarder bei uns im Hinterhof? Mitten in der Stadt?«

»Steinmarder lieben dichtes Gestrüpp«, erklärte ihr die kleine Dame.

»Ja, das Gestrüpp ist hier wirklich sehr, sehr dicht«, bestätigte Lilly.

»Und alte Ruinen«, ergänzte die kleine Dame.

Lilly sah zum Schuppen. »Ja, die Ruinen hier sind wirklich sehr, sehr alt«, sagte Lilly.

»Und sie lieben gut geschützte Wasserstellen«, schloss die kleine Dame und blickte zu dem Marder, der geschickt die Efeuranken hinunterkletterte.

»Hinterher!«, flüsterte sie.

Der Steinmarder lief dicht an der Mauer des Schuppens entlang. Immer wieder hielt er inne und nahm Witterung auf. Doch der Wind stand günstig und so bemerkte er die kleine Dame und das Mädchen nicht, die ihm folgten. Auf der anderen Seite des Schuppens verschwand der Marder zwischen dichtem Schilf.

»Wie gut, dass wir schön klein sind«, sagte die kleine Dame und zeigte auf eine Stelle, wo eine winzige Lücke im Schilf war. Ohne einen Mucks schlüpften sie hindurch.

Inmitten des Schilfs lag ein kleiner See. Er war so klein, dass nur eine einzige Seerose darauf blühte. Am Ufer, halb vom Schilf verborgen, beugte sich der Marder über das Wasser und trank.

Mucksmäuschenstill hockte sich Lilly neben die kleine Dame und hob ihre Kamera.

Klick. Klick. Klick hatte sie den ersten Steinmarder ihres Lebens fotografiert.

Die kleine Dame und Lilly saßen noch eine Weile an dem kleinen Teich und sahen dem Marder zu, wie er trank, sich putzte und dann zusammenrollte, um ein Nickerchen zu machen.

Als sie wieder aufbrachen, stand die Sonne schon tief. Sie beschlossen, sich nicht ein zweites Mal durch die Brombeeren zu kämpfen, sondern einen anderen Weg zu suchen. Nicht weit hinter der alten Backstube stießen sie auf den Pfad, dem sie am Tag zuvor gefolgt waren. Lilly sah, dass die kleine Dame tief in Gedanken versunken war, und auch sie war mit den Eindrücken ihrer ersten Safari angefüllt. Viel zu schnell erreichten sie die alte Weide und das Zelt der kleinen Dame.

»Es gibt doch nichts Schöneres, als nach einer langen Salafari zum Lager zurückzukommen«, freute sich die kleine Dame.

Wie gern Lilly noch bei der kleinen Dame geblieben wäre!

Doch es war schon spät und Mama hatte sicher längst den Tisch gedeckt. »Ich muss los«, sagte sie.

»Ich bring dich«, rief die kleine Dame.

Nacheinander schlüpften Lilly und die kleine Dame durch die Hecke und gingen über den Rasen auf die Treppe zu, die in den Keller führte.

Sie bemerkten nicht, wie nur wenige Meter von ihnen entfernt eine graue Gardine zur Seite geschoben wurde. Sie sahen nicht, wie eine Nase sich gegen die

Fensterscheibe presste. Eine knollige Nase, aus der schwarze Haare wuchsen.

Glücklich und müde von ihrer erfolgreichen Salafari stiegen sie die gemauerten Stufen hinab. Nicht einmal der Gedanke an den finsteren Keller schreckte Lilly. Sie hatte ja die Taschenlampe der kleinen Dame. Sie erreichten die Kellertür.

Dort hatte jemand einen Zettel an die Tür geheftet:

stand darauf.

»Leberwurst«, flüsterte Lilly erschrocken.

Sie wollte die Tür öffnen. Aber die Kellertür war abgeschlossen.

»Was fällt diesem Herrn ein?«, empörte sich die kleine Dame. »Sperrt einfach alle Türen zum Hof ab. Wir müssen etwas unternehmen!«

Lilly nickte. »Aber wie komm ich jetzt nach Hause?«

Kleine Schwester, großer Mut

Pling. Die Fensterscheibe klirrte. Lilly und die kleine Dame standen unter dem Kinderzimmerfenster und warfen kleine Steinchen gegen das Glas. *Pling.*

»Karlchen!«, rief Lilly. Sie spähte zu dem Fenster im Hochparterre. Nichts regte sich.

»Vielleicht schläft sie schon«, überlegte die kleine Dame.

»Karlchen doch nicht«, meinte Lilly. »Ich hoffe nur, sie liegt nicht in der Wanne!«

»Nein, das wollen wir nicht hoffen. Sonst kommst du heute Abend gar nicht mehr nach Hause und deine Eltern verständigen die Polizei.« Die kleine Dame schüttelte den Kopf.

An so etwas durfte Lilly gar nicht denken.

Sie wollte nicht, dass Mama und Papa sich Sorgen machten.

Alles war nur Leberwursts Schuld. Wenn er nicht alle Türen abgeschlossen hätte, säße sie schon längst in der Küche am Abendbrottisch.

»Ich kann es noch schaffen«, sagte Lilly verzagt und warf das nächste Steinchen.

Die kleine Dame legte die Stirn in Falten. »Aber nicht so. Die Steinchen sind viel zu leise.«

»Wenn ich größere nehme, geht die Scheibe kaputt«, erwiderte Lilly. »Was soll ich bloß machen?«

Die kleine Dame klopfte gegen ihren Schirm. »Wir schicken Chaka hoch«, sagte sie und zog das Chamäleon aus seinem Schirmversteck. Chaka gähnte.

»Wir brauchen deine Hilfe«, sagte die kleine Dame.

Das Chamäleon legte den Kopf schief und hörte zu.

»Du musst hochklettern und nachsehen, ob meine kleine Schwester da ist«, erklärte Lilly ihm seine Mission.

Chaka grinste breit und hob den linken Vorderfuß.

»Dann los«, sagte die kleine Dame und setzte Chaka an die Hauswand. Geschickt kletterte er das Mauerwerk hinauf und setzte sich auf den Fenstersims.

»Siehst du Karlchen?«, fragte Lilly. Sie war gespannt wie ein Flitzebogen.

Chaka sah nach links und rechts.

»Ist sie da?«, fragte Lilly noch einmal.

Das Chamäleon nickte. Zum Glück!

»Dann klopf an«, bat Lilly. »Sie muss ans Fenster kommen.«

Chaka senkte den Kopf und hämmerte mit seinem Horn gegen das Glas.

Tock. Tock. Tock.

Lilly hörte, wie drinnen etwas umfiel.

»Was macht sie denn jetzt?«, fragte die kleine Dame.

»Sie ist von meinem Hochbett runtergesprungen«, stellte Lilly fest.

Im nächsten Augenblick erschien ein heller Haarschopf am Fenster.

»Karlchen!«, rief Lilly und winkte.

Der Kopf kam höher.

Karlchen kletterte auf die Fensterbank und betrachtete das kleine grüne Wesen, das ihr aus großen runden Augen entgegensah.

»Wer bist du?«, fragte sie. Denn sie hatte noch nie ein Chamäleon gesehen.

»Karlchen, wir sind hier unten!«, rief Lilly wieder.

Da entdeckte Karlchen ihre große Schwester. »Lilly!«

Sie blickte von Lilly zu der kleinen Person, die neben ihr stand, und dann wieder zu dem seltsamen Wesen vor ihrem Fenster.

»Wer ist das, Lilly?«

»Ich erzähl dir alles, Karlchen. Aber kannst du jetzt unser Fenster aufmachen?«

Die kleine Schwester nickte ernst. Sie wusste genau, wie das Fenster aufging. Sie war ja schon fünf und kein Baby mehr.

Mit pochendem Herzen sah Lilly zu, wie ihre kleine Schwester mit beiden Händen den Fenstergriff fasste und ihn mit ihrer ganzen Kraft in die mittlere Position brachte.

Sie balancierte ein Stückchen zur Seite und das Fenster war offen!

»Ich kann das Fenster schon aufmachen!«, verkündete Karlchen stolz und beugte sich zu Lilly und der kleinen Dame hinaus.

»Bravo!«, klatschte die kleine Dame. »Bravo!«

Karlchen wurde ganz rot vor Freude.

»Das war absolute Superspitzenklasse!«, rief Lilly.

»So, und jetzt klettern wir rein«, sagte sie zur kleinen Dame.

Sie stellte sich auf Zehenspitzen und griff nach dem Fensterrahmen. Karlchen machte oben Platz für ihre große Schwester.

Doch da hielt Lilly inne.

Was war mit der kleinen Dame? Egal, wie sehr sie sich streckte, das Fenster war zu hoch.

»Ich werde meine Steigeisen holen«, sagte sie. »Damit habe ich schon den Kilimandscharo bestiegen!«

»Warte«, sagte Lilly. »Wir machen Feuerleiter.«

Gesagt, getan.

Lilly verschränkte ihre Hände und die kleine Dame stellte ihren Fuß hinein.

Mit einem Schwung stemmte sie sich hoch und landete oben im Fensterrahmen.

Karlchen sah sie mit großen Augen an. »Du bist die kleine Dame, nicht wahr?«, fragte sie.

»Erraten«, erwiderte die kleine Dame und lüftete schwungvoll ihren Tropenhelm. »Es freut mich, ein so kluges Mädchen kennenzulernen!«

»Hallooo!«, kam es von unten. »Hallo, könnt ihr eure Plauderei vielleicht auf später verschieben?«, rief Lilly.

Die kleine Dame sah zu ihr hinunter. Lilly hing wie ein Klammeräffchen am Fensterbrett und versuchte, sich hochzuziehen. Wie sie sich auch bemühte, ihre Füße fanden an den glatten Ziegeln keinen Halt.

Die kleine Dame streckte ihr die Hand entgegen. »Halt dich gut fest. Jetzt ziehe ich dich hoch!«, sagte sie.

Die ganze Geschichte

Nein, leicht war es nicht, Mama und Papa zu erklären, warum sie so spät dran war. Vor allem weil Mama tatsächlich schon im Torweg nach ihr gesucht und sich Sorgen gemacht hatte.

So erzählte Lilly ihren Eltern die ganze Geschichte. Wie sie vor dem verschlossenen Tor gestanden hatte und auf die Idee gekommen war, den Weg durch den Keller zu nehmen. Sie erzählte ihnen, wie sie durch den Hinterhof gestromert war und darüber die Zeit vergessen hatte. Sie erzählte von dem scheuen Dompfaff, dem hungrigen Falken und dem Steinmarder. Ja, Lilly erzählte sogar von dem alten Bäckerschuppen.

»Hier«, sagte sie und zog das alte Heft von Auguste Pain aus der Tasche. »Das hab ich in dem Backschuppen gefunden.«

Mama nahm das Heft und las die Aufschrift. *»Recettes d'Auguste Pain – Ottensen 1899.* Unglaublich!«

Sie schob das Heft zu Papa. »Sieh nur.«

»Wie kommt das denn in den Hinterhof?«, fragte Papa.

»Es hat dem französischen Brezelbäcker gehört. Die kleine Dame sagt . . .«

Ups, Lilly biss sich auf die Zunge. Nun hätte sie sich fast verraten. Papa hob die Augenbrauen. »Von wem sprichst du?«, fragte er.

»Sie meint den Bäcker, dem früher das Brezelhaus gehört hat«, sagte Mama, ohne von dem alten Heft aufzusehen.

»Aber das ist doch schon ewig her«, meinte Papa.

»Einhundertundelf Jahre«, sagte Lilly.

Mama blickte auf. Ihre Hand lag noch immer auf dem Backbuch. »Leihst du es mir aus, Lilly? Ich möchte mir die Rezepte abschreiben.«

»Na klar!« Lilly lächelte. Das mussten ja wahre Wunderrezepte sein. Denn dank Ohgüste Peng hatte Mama ihren Ärger über Lillys Verspätung glatt vergessen.

»Darf ich jetzt aufstehen?«, fragte sie leise.

»Jaja, Lilly.« Mama war wieder mit dem Backbuch beschäftigt. »Ich komme gleich zum Zähneputzen.«

»Noch mal! Noch mal!«, rief Karlchen begeistert, als Lilly ins Kinderzimmer kam.

»Mit größtem Vergnügen«, erwiderte die kleine Dame. Sie stand vor dem alten Kleiderschrank, den Mama auf dem Flohmarkt gekauft und den Papa maisgelb angemalt hatte.

»3257, 3256, 3255 . . .!«, zählte sie rückwärts, spannte ihren Schirm auf und chamäleonisierte in ein sattes Maisgelb.

»Pscht!«, machte Lilly. »Nicht so laut.«

Die kleine Dame verbeugte sich und klappte ihren Schirm wieder zu. »Für heute ist die Vorstellung zu Ende«, sagte sie zu Karlchen.

»Wir müssen was Wichtiges bereden«, sagte Lilly und zog die kleine Dame hinter das Hochbett, damit Mama oder Papa sie nicht sehen konnten, wenn sie plötzlich in das Zimmer kamen. Karlchen kuschelte sich zufrieden in ihr Kissen und lauschte den Großen.

»Ich frage mich nur, woher Leberwurst wusste, dass wir die Kellertür benutzt haben«, überlegte Lilly.

»Das ist doch klar«, sagte die kleine Dame und tat so, als würde sie an Lilly schnuppern.

Lilly sah sie fragend an.

»Er schnüffelt uns hinterher. *Ein Kind! Ich rieche ein grässliches Kind!«*, ahmte die kleine Dame Leberwursts näselnde Stimme nach.

Lilly kicherte. Doch dann runzelte sie die Stirn. »Wir müssen ihn irgendwie loswerden.«

Die kleine Dame wurde wieder ernst. »Ich fürchte, das ist nicht so einfach.«

»Wieso?«, entfuhr es Lilly.

Die kleine Dame nahm ihren Safarihelm ab und drehte ihn nachdenklich in den Händen.

»Ich habe ein bisschen gestöbert. Hier und da gelesen. Und ich habe herausgefunden, dass alle Leberwürste – der Vater, der Großvater, ja sogar der Urgroßvater – hier Hausmeister waren. Sie gehören zum Brezelhaus.«

»Au Backe«, stöhnte Lilly. Das wurde ja immer schlimmer.

»Herr Leberwurst glaubt, dass der Hof allein sein Revier ist. Deshalb hängt er ein Schloss vor das Tor. Deswegen hat er die Kellertür zugesperrt«, erklärte die kleine Dame.

»Aber das können wir nicht zulassen!«, rief Lilly. »Wir müssen in den Hof. Was wird sonst aus deinem Zelt? Was wird aus den Pflanzen, die wir gesammelt haben? Was wird aus unserer Safari?«

Die zwei sahen sich an.

»Du hast recht. Wir können Herrn Leberwurst auf keinen Fall so weitermachen lassen. Sonst fegt er noch den ganzen Hof zu einem kleinen Häufchen zusammen und wirft uns alle in die Mülltonne«, sagte die kleine Dame.

»Niemals!« Lilly schüttelte den Kopf. »Das müssen wir verhindern.«

Die kleine Dame spielte mit ihrem Schirm. »Ich denke, wir sollten heute Nacht eine kleine Wanderung machen.«

»Wir zwei zusammen?«, fragte Lilly aufgeregt. »Heute Nacht?«

In einer Vollmondnacht

»Wir treffen uns, wenn der Vollmond in euer Fenster scheint«, hatte die kleine Dame zu Lilly gesagt.

Nun floss das milchige Mondlicht durch das Fensterkreuz über den bunten Flickenteppich bis zu Lilly und Karlchens Etagenbett. Es war Zeit. Lilly kletterte die Leiter hinunter und schlüpfte lautlos in ihre Hose. Im unteren Bett lag Karlchen und schlief.

Lilly trat zum Fenster und schob vorsichtig den Griff nach oben. Das Fenster schwang auf und ein sommerwarmer Luftzug wehte herein. Sie legte ihre Wolljacke in die Öffnung, so wie sie es mit der kleinen Dame besprochen hatte. Auf diese Weise blieb das Fenster in jedem Fall offen und sie kam wieder ins Zimmer zurück, auch wenn der Plan der kleinen Dame scheitern sollte.

Der Plan! Viel hatte die kleine Dame nicht verraten, bevor sie gegangen war. Nur so viel, dass sie die Zugänge zum Hof wieder frei machen wollten. Lilly stopfte sich ihr Springseil in die Tasche. So ein dickes Seil konnte sehr hilfreich sein, wenn man sich abseilen musste oder ohne Hilfe in ein Fenster klettern wollte.

Dann kletterte sie auf das Fensterbrett und sah hinaus. Der Vollmond stand direkt über dem Hinterhof. In seinem fahlen Licht schienen die Dinge seltsam fremd. Plötzlich sah die Ligusterhecke wie eine gigantische Schlange aus, die sich quer durch den Hof schlängelte. Und die Blätter der alten Weide verschmolzen im Mondlicht zu einer Gestalt. Der Gestalt eines mächtigen Baumgeistes.

In diese Nacht wollte sie hinaus? Ohne die kleine Dame? Denn von der kleinen Dame war nicht der kleinste Zipfel zu sehen.

»Lilly?«, hörte sie da eine vertraute Stimme. »Ich bin hier.« Lilly sah nach unten. Dort im Schatten der Hauswand stand die kleine Dame und wartete auf sie.

»Ich hab dich gar nicht gesehen«, flüsterte Lilly und ließ sich auf den Boden gleiten.

Die kleine Dame zog sie neben sich in den Schatten. »So soll es ja auch sein. Wir wollen doch nicht entdeckt werden!«

Dicht an die Hauswand gepresst schlichen sie in Richtung Tor. Immer wieder blieb die kleine Dame stehen und tastete mit ihrem Schirm den Boden ab.

»Halt!«

Was lag da auf der Erde? Waren das Bälle? Nein, der größte von ihnen grunzte.

»Das haben wir gleich«, flüsterte die kleine Dame. Sie knipste ihre Taschenlampe an und leuchtete einer Igelmutter direkt ins Gesicht. Die Igelin und ihre vier Igelkinder rollten sich ein.

»Verzeihung«, murmelte die kleine Dame und hielt die Lampe in eine andere Richtung. »Das war wirklich keine Absicht, meine Teuerste.«

»Sind die niedlich«, sagte Lilly und hockte sich hin, um die Igelfamilie besser sehen zu können.

Vorsichtig lugte die Igelin aus ihrem Stachelkleid hervor. Als das grelle Licht nicht zurückkam, entrollte sie sich und die ganze Igelfamilie setzte ihren Weg fort.

»Was für eine schöne Nacht für einen Spaziergang«, seufzte die kleine Dame.

Ja, es war wirklich eine besonders schöne Nacht. Aber die kleine Dame und Lilly hatten noch eine schwierige Aufgabe vor sich.

»Ich habe mir die halbe Nacht den Kopf zerbrochen, wie wir Herrn Leberwurst dazu bringen, den Hof freiwillig aufzuschließen«, erzählte die kleine Dame.

»Freiwillig? Das wird er niemals tun!« Lilly schüttelte den Kopf.

»Nein, ich weiß.« Die kleine Dame rieb sich die Nase. »Und weil er so ein besonders bockiger Erwachsener ist, habe ich beschlossen, dass wir uns seinen Schlüssel eben ausborgen müssen.«

Lilly hustete.

Was hieß *borgen?* Wollte die kleine Dame bei Herrn Leberwurst klingeln und sich den Schlüssel zum Tor ausleihen?

»Borgen?«, fragte Lilly gedehnt.

Die kleine Dame nickte. »Borgen, wie ausleihen. Man borgt etwas. Dann benutzt man es und passt gut auf, dass es nicht kaputtgeht. Und zum Schluss bringt man es wieder zurück.«

Ja, das klang alles einleuchtend und richtig, nur wie genau dieses Borgen vonstatten gehen sollte, wusste Lilly immer noch nicht.

Nun standen sie am Durchgang zum Tor. Das Mondlicht schien genau auf den Weg und es gab nicht den kleinsten Schatten, um sich zu verstecken.

Die kleine Dame klopfte an ihren Schirm. »Pass auf«, sagte sie zu Lilly. »Das wird ein besonderer Spaß.«

Mit diesen Worten klappte sie den Schirm auf und trat ins Mondlicht. Das silberne Licht floss über ihren Schirm und ihren kleinen Helm. Ihr weißes Safarikostüm begann zu leuchten, heller und heller. Bald strahlte es so hell wie der Mond. Die kleine Dame chamäleonisierte so leuchtend, dass sie jeder auf der Stelle gesehen hätte. Aber zum Glück schlief das ganze Brezelhaus und nur Lilly konnte sehen, wie es war, wenn die kleine Dame in einer Vollmondnacht chamäleonisierte.

Die kleine Dame drehte sich noch einmal im vollen Mondlicht, dann machte sie einen kleinen Hüpfer und tauchte auf der anderen Seite in den Schatten ein.

Lilly holte tief Luft und flitzte hinterher. Nun standen sie unter der Wohnung von Herrn Leberwurst.

Vor dem Balkon blieb die kleine Dame stehen. Durch das geöffnete Fenster ertönte ein elefantöses

Schnarchen. Sehr gut, Herr Leberwurst schlief. Die kleine Dame beugte sich zu Lilly und flüsterte in ihr Ohr: »Schau nur, was da Hübsches auf dem Balkon hängt!«

Lilly reckte sich. Etwas Hübsches bei Herrn Leberwurst? Sie sah nur den grauen Kittel, den Leberwurst Tag für Tag trug. Er hing an einem Haken direkt neben der Balkontür, die in das Schlafzimmer von Herrn Leberwurst führte. Im Licht des Mondes konnte man erahnen, dass sich etwas Schweres in der linken Tasche befand.

»Die Schlüssel«, sagte die kleine Dame und fasste nach dem Geländer des Balkons.

»Feuerwehrleiter!«

»Das ist viel zu gefährlich!«, sagte Lilly.

»Willst du lieber hochklettern?«, bot die kleine Dame großzügig an. »Wir können uns die Gefahr gerne teilen.«

»Und wenn Leberwurst aufwacht?«, fragte Lilly heiser.

Die kleine Dame schwenkte ihren Schirm. »Du vergisst, dass ich meinen Schirm habe«, erinnerte sie die kleine Dame. »Im schlimmsten Fall chamäleonisiere ich, bis der Hahn kräht.«

Und dann machte Lilly Feuerwehrleiter und die kleine Dame kletterte auf den Balkon. Atemlos sah Lilly zu, wie die kleine Dame in die Tasche des Kittels griff und das große Schlüsselbund hervorzog, das leise klirrte. Aus dem Schlafzimmer erklang ein Quietschen. Lilly hielt den Atem an. Aber Leberwurst hatte sich wohl nur umgedreht.

»Ei der Ärmste, ich fürchte, er riecht uns. Aber im Traum weiß er nicht, was er

machen soll«, sagte die kleine Dame und kam vom Balkon heruntergeklettert.

Sie hielt Lilly die Schlüssel unter die Nase. »Sind die nicht wunderhübsch?«

»Traumhaft!« Lilly war immer noch ganz schwummerig vor Aufregung.

Aber die kleine Dame nahm sie an die Hand und zog sie mit. »Jetzt kommt das große Aufschließen!«

Zuerst liefen sie zum Tor. Die kleine Dame warf einen Blick auf das dicke Vorhängeschloss. »Hm, hm«, machte sie. Dann wählte sie einen extra dünnen und extra krummen Schlüssel und steckte ihn in das Schloss. Der Schlüssel drehte sich und *klick, klack* war das Schloss offen.

»Das brauchen wir nicht mehr«, sagte die kleine Dame munter, hakte das Schloss aus und verstaute es in ihrer Tasche. »Und jetzt schließen wir den Keller auf, damit auch die Mäusekinder wieder auf der Wiese spielen können.«

Sie liefen zur Kellertür. Lilly nahm den Zettel ab und drehte ihn um.

»Komm herein!«, schrieb sie in großen Buchstaben darauf.

Daneben malte sie die kleine Dame, Chaka und sich. »Das wäre klar«, sagte sie zufrieden und hängte ihr neues Schild wieder an die Tür.

Die kleine Dame schloss die Kellertür auf. Nun war auch der Weg durch den Keller frei.

Bakfietsen

Frische Quarkbrötchen! Lilly wachte auf und schnupperte. Roch das köstlich! Sie rekelte sich und kuschelte sich noch mal in ihr weiches Kissen. Gab es etwas Schöneres als einen Samstagmorgen mit Mamas frischen Quarkbrötchen? Und sie hatte so wunderbar von der kleinen Dame geträumt. Moment mal! Mit einem Ruck kam Lilly hoch. Geträumt? Sie sah zum Fenster. Auf der Fensterbank lag ihre Wolljacke. Lilly blickte hinüber zu dem Stuhl, auf dem ihre Sachen lagen. Aus ihrer Jackentasche hing das eine Ende ihres Springseils.

Das war kein Traum!

Sie war letzte Nacht wirklich mit der kleinen Dame und Chaka draußen gewesen. Sie hatten Leberwursts

Schlüssel geholt, das Tor und die Kellertür aufgeschlossen und den Schlüssel zurückgebracht. Allein bei der Erinnerung an ihr nächtliches Abenteuer begann Lillys Herz laut zu pochen. Aber sie hatten es geschafft! Der Weg zur kleinen Dame, der Weg in den Hinterhof des Brezelhauses war wieder frei und keine Leberwurst der Welt konnte sie aufhalten!

Am liebsten wäre Lilly jetzt sofort im Pyjama durch den Torweg zur kleinen Dame gelaufen. Aber vorher musste sie sich unbedingt mit ein paar leckeren Brötchen stärken.

Mama und Karlchen saßen bereits am Frühstückstisch, als Lilly in die Küche kam.

»Na, du Langschläfer«, lächelte Mama und gab ihr einen Kuss. »Magst du ein Brötchen?«

Eins? Lilly wollte zehn!

Mama schob ihr den Korb hin. Die Brötchen waren weich und ofenwarm, so wie sie am besten schmeckten.

»Gibt's auch Schneckensalami?«, fragte Lilly.

Mama verschluckte sich.

»Schneckensalami?«

»Iiiih«, quietschte Karlchen.

»Also, die kleine Dame kann Drei-Sterne-Schneckensalamibrötchen machen«, setzte Lilly nach.

»Ach so, die Schneckensalami. Tut mir leid, die hat Papa gestern Abend aufgegessen«, sagte Mama und reichte ihr die Kiwimarmelade. »Aber das Wasserflohmus ist ganz frisch.«

Karlchen riss die Augen auf. »In echt?«

»In echt«, sagte Mama und zwinkerte Karlchen zu.

Was war das für ein Frühstück! Der Brötchenberg schmolz dahin wie Kratzeis im Sonnenschein. Lilly und Karlchen durften sich so viel Kakao in die Milch rühren, wie sie wollten, und Mama erfand eine neue Delikatesse nach der anderen: Eine Handvoll gehackte Petersilie wurde zu Brennnesselsprossen, gerollte Brötchenkrümel zu Mehlraupen und die Erdbeermarmelade zu Blutsoße.

Ja, Lilly, Karlchen und Mama aßen richtig lecker und machten richtig Quatsch. Doch wo war Lillys Papa? Lag er noch im Bett? Holte er eine Zeitung? Wo war Herr Bär an diesem schönen Samstagmorgen?

Lilly sah zu der großen Küchenuhr. Inzwischen war es Viertel vor zehn. »Ich geh Papa wecken«, sagte sie und stand auf.

»Papa schläft doch nicht mehr!«, rief Karlchen. »Der ist schon bei *Rad & Speiche.*« Lilly blickte von Karlchen zu ihrer Mutter. »Aber wir wollten doch heute die Abzüge von meinen Bildern abholen. Hat er das vergessen?«, fragte Lilly enttäuscht.

»Nein«, schüttelte Mama den Kopf. »Aber er hatte noch einen wichtigen Eilauftrag in der Werkstatt.«

»Na toll!«, sagte Lilly und verschränkte die Arme vor der Brust. »Und wir hatten eine Lilly-Papa-Verabredung, die ist auch wichtig!«

Mama nickte und schraubte ein Marmeladenglas zu. »Deshalb ist Papa auch früher aufgestanden, damit er um zehn Uhr wieder hier ist.«

Lilly grinste zufrieden. »Versprochen ist versprochen!«, sagte sie und flitzte aus der Küche.

»Vergiss deinen Helm nicht!«, rief Mama ihr hinterher. »Papa kommt mit dem Bakfiets.«

Lilly jubelte. Das Bakfiets! Papas holländisches Transportfahrrad war etwas ganz Besonderes: Es hatte drei Räder. Hinten ein großes und vorne zwei kleinere, zwischen denen eine Holzkiste montiert war, in der zwei Kinder bequem sitzen konnten. Und an seinem Lenker hatte Papa drei Klingeln angebracht: eine kleine silberne für Kinder, eine mittlere für Fußgänger und eine große extra starke Klingel für Autofahrer. Normalerweise transportierte Papa mit dem Bakfiets Fahrradrahmen und Felgen, Sattelstangen und Lenker, Kindersitze und sein Werkzeug. Aber manchmal kutschierte er auch seine Mädchen durch die Stadt.

Wie gerne hätte Lilly die kleine Dame mit auf die Bakfietstour genommen. Sie war sogar extra noch in den Hof gelaufen, um der kleinen Dame Bescheid zu sagen. Doch die kleine Dame war nicht bei ihrem Zelt gewesen.

Ihren Helm in der einen, eine Papiertüte in der anderen Hand schlich Lilly sich gerade an den Mülltonnen zurück, als sie von der Straße ein helles Bimmeln hörte. Mit drei Sätzen sprang sie aus dem Torweg. Vor dem Brezelhaus stand Papa mit seinem Bakfiets.

»Bitte einsteigen! Dies ist eine Sonderfahrt für Lilly Bär!«, sagte er und lachte.

Lilly gab Papa einen Kuss auf die Wange und kletterte vorn in die Kiste. »Bis zum Fotogeschäft. Was macht das bitte?«, fragte sie und schwenkte die Papiertüte vor Papas Nase hin und her, die Mama ihr mitgegeben hatte. Papa machte die Tüte auf und sah hinein.

»Mmh, lecker!«, sagte er. »Bitte zwei Quarkbrötchen!«

Lilly gab ihm das erste Brötchen und nahm sich

selbst auch eins. Die beiden waren so sehr mit den Brötchen beschäftigt, dass sie gar nicht merkten, wie ein weiterer Fahrgast in die Kiste stieg.

Dabei war es eine sehr feine Dame mit ihrem Schirm. Vielleicht hätten Lilly und ihr Vater sich ein klein wenig gewundert, weshalb diese feine Dame ihren Schirm aufgespannt hatte. Es regnete doch gar nicht. Ohne dass Lilly es bemerkte, nahm die kleine Dame sich das letzte Brötchen aus der Tüte. Denn sie hatte noch nicht gefrühstückt und war sehr hungrig.

»Hier war doch eben noch ein Quarkbrötchen!«, rief Papa und blickte verdutzt in die leere Tüte. Lilly sah hin. Das Brötchen war weg.

»Ich hab es nicht gegessen«, sagte sie.

»Ich auch nicht«, grummelte Papa und schob das Bakfiets von seinem Doppelständer.

Lilly brach ein Stück von ihrem Brötchen ab und steckte es Papa in den Mund.

»Ich könnte auch noch eins brauchen«, hörte Lilly eine Stimme sagen. Lilly kniff die Augen zusammen. Da entdeckte sie die kleine Dame. Mit aufgespanntem Schirm saß sie auf der gegenüberliegenden Bank und sah Lilly erwartungsvoll an. Während ihr Tropenhelm und Gesicht die Farbe des Gehwegs angenommen hatten, waren ihr Safarikostüm und die Stiefel ebenso braun wie das Holz der Kiste.

»Was sagst du, Lilly?«, fragte Herr Bär.

Lilly gab der kleinen Dame ein Zeichen, still zu sein.

»Nichts! Gar nichts. Ich mein ja nur, Mama hätte uns ruhig ein paar Brötchen mehr einpacken können«, sagte Lilly so beiläufig wie möglich.

Papa nickte und fuhr los. »Halt dich fest. Ich will nicht, dass du durch die Kiste fliegst, wenn ich bremsen muss«, sagte er und trat in die Pedale. Langsam nahm das Bakfiets Fahrt auf. Genau in diesem Augenblick stand die kleine Dame auf und stellte sich auf die Bank. Das Bakfiets schaukelte.

»Still sitzen«, rief Herr Bär und warf Lilly einen strengen Blick zu.

»Ein bisschen frische Luft!«, lachte die kleine Dame. »Herrlich.« Sie streckte die Arme aus. Der Fahrtwind drückte gegen den aufgespannten Schirm. Das Rad wurde langsamer. Papas Stirn legte sich in Falten. »Warum ist es heute so schwer zu treten? Da muss etwas mit der Übersetzung nicht stimmen.«

»Du musst dich eben ein bisschen mehr anstrengen«, stellte die kleine Dame fest.

Papa sah zu Lilly. »Wie bitte?«

»›Ist es so anstrengend?‹, habe ich gefragt«, sagte Lilly und versuchte, die kleine Dame zurück auf die Bank zu ziehen. Aber kaum war Lilly aufgestanden, da sagte Papa schon. »Hinsetzen, Lilly!«

In diesem Moment entdeckte die kleine Dame die Lampe, die vorn an der Mittelstange angeschraubt war. Neugierig schob sie den schwarzen Hebel hoch. Das

Licht leuchtete hell auf und strahlte Lilly direkt ins Gesicht.

Papa sah verwirrt auf die Lampe und schaltete sie wieder aus.

»Es ist doch taghell«, sagte er zu sich selbst.

Vor ihnen sprang die Ampel auf Rot. Papa bremste ab. Am anderen Ende der Straße konnte Lilly schon das Fotogeschäft sehen.

»Wir sind gleich da«, flüsterte sie der kleinen Dame zu.

»Wie schade! Bei einer Dar-Irafalas muss man jede Sekunde ausnutzen. Damit man auch alles ausprobieren kann!«, sagte sie begeistert.

»Was willst du ausprobieren?«, fragte Papa und sah von Lilly zur anderen Seite der Kiste. Hatte er die kleine Dame jetzt vielleicht doch bemerkt?

Aber die kleine Dame bückte sich blitzschnell und so entdeckte Papa sie wieder nicht. Vorsichtig rutschte die kleine Dame ein Stückchen näher an den Lenker und streckte ihre Hand nach der silbernen Klingel aus.

»Nein!«, rief Lilly. »Nein!«

Die kleine Dame drückte. *»Ding. Ding. Ding«,* klang es über die Straße. *»Ding, ding, ding.«*

»Was! Was geht hier vor?«, rief Papa und sah zu der Klingel.

Da griff die kleine Dame nach der mittleren Klingel. Ein kräftiges Läuten tönte zu den Fußgängern, die sich erstaunt nach dem Transportfahrrad umdrehten.

Papa blieb der Mund offen stehen. Für einen Moment sah er gar nicht mehr wie der große Fahrradspezialist aus. Er verstand sein Fahrrad einfach nicht mehr. Zum Glück kamen sie in diesem Moment vor dem Fotogeschäft an. Mit einem Quietschen brachte Herr Bär das Bakfiets zum Stehen.

»Vielen Dank«, sagte die kleine Dame zu Herrn Bär. »Das war eine großartige Rad-Tour!«

Papa massierte sich die Schläfen und schüttelte sich. »Hast du das auch gehört?«, fragte er Lilly.

Lilly wollte gerade antworten, da drückte die kleine Dame auf die große Autoklingel. *»Ding-dong, Ding-dong!«* Papa zuckte zusammen. »Mit meinem Bakfiets stimmt etwas nicht. Ich muss noch mal in die Werkstatt und es durchsehen«, sagte er mit heiserer Stimme.

Ja, Lilly hätte ihrem Papa erklären können, dass es nur die kleine Dame war, die aus Neugier alle Klingeln ausprobiert hatte. Doch hätte Papa ihr geglaubt? Nein. Und genau aus diesem Grund verdrehte Lilly nur die Augen, kletterte aus der Kiste und sagte kein Wort.

Leberwurstalarm!

Niemand beachtete die zwei kleinen Mädchen, die lachend die Straße herunterkamen. Die ein hüpfte und die andere schwang ihren Schirm fröhlich durch die Luft. Ja, an diesem Samstagvormittag gingen Lilly und die kleine Dame für ganz normale Mädchen durch.

Die Erwachsenen waren viel zu sehr mit ihrem Samstagseinkauf beschäftigt, als dass sie irgendetwas bemerkt hätten. Und sei es nur Chakas Schwanz, der aus dem Schirm der kleinen Dame hervorlugte.

Die großen Leute, die Lilly und der kleinen Dame entgegenkamen, wussten schließlich nicht, dass die zwei eben erst die Fotos ihrer ersten großen Safari abgeholt hatten.

Am allerbesten gefiel Lilly das Foto vom Steinmarder. Man konnte wirklich jedes einzelne Barthaar sehen, so dicht war sie an den Marder herangekommen. So kamen sie zum Brezelhaus. Über dem Eingang leuchtete die Brezel im Sonnenschein. Die kleine Dame hatte eine tolle Idee. Sie wollten Lillys Bilder in ihr Salafaribuch einkleben. Denn, so die kleine Dame, zu einer richtigen Salafari gehört auch ein richtiges Salafaribuch.

Sie wollten gerade in den Torweg einbiegen, da blieb Lilly wie angewurzelt stehen. Das Nest auf der Brezel war fort und unten an der Hauswand lehnte ein Besen. Es war Leberwursts Besen. »Er hat das Taubennest weggefegt!«, rief Lilly empört.

Die kleine Dame sah zur Brezel hoch. »Er ist wirklich die dümmste Leberwurst, der ich je begegnet bin.« Sie schüttelte den Kopf.

Lilly lief zur Haustür und suchte den Boden unter der Brezel nach dem Nest ab. Aber Herr Leberwurst hatte ganze Arbeit geleistet: Das Nest war bis auf den letzten Zweig verschwunden.

»Die armen Tauben!«, seufzte Lilly.

»Ja, aber vielleicht haben sie sich schon einen neuen Nistplatz gesucht«, versuchte die kleine Dame Lilly zu trösten.

Lilly sah sich um. »Wo denn? So einen Brezelplatz gibt es in der ganzen Straße nur ein Mal!«

Die kleine Dame nickte. »Schon, schon. Aber sie könnten doch in die alte Weide umgezogen sein. So eine schöne breite Astgabel kann auch ganz lauschig sein.«

Das hoffte Lilly. Sie wollte sofort in den Hof und nachsehen. Doch in diesem Augenblick brach ein ohrenbetäubender Krach los. Es knatterte und dröhnte wie tausend Silvesterknaller. Die kleine Dame und Lilly sahen sich an. Dann rannten sie in den Hof.

Dort stand Herr Leberwurst und schwang eine riesengroße Heckenschere. Das Motorengeräusch füllte den ganzen Hof und die blitzenden Messer fraßen sich gierig in das dichte Grün der Ligusterhecke.

Der kleinen Dame standen die Haarschnecken zu Berge.

Lilly blieb fast das Herz stehen.

Chaka lief vor Schreck schneeweiß an.

Wieder hob der Hausmeister die Heckenschere und ließ sie wie ein Schwert in die Hecke fahren. Dicke Zweigbüschel fielen zu Boden.

»Beim Schwanze meines Chamäleons! Er will unsere Hecke wegschneiden!«, rief die kleine Dame aus.

Das durfte nicht geschehen!

Hinter dieser Hecke lag der vergessene Teil des Hofs, den kein Großer betreten konnte.

Hinter dieser Hecke verbarg sich das Zelt der kleinen Dame.

Hinter dieser Hecke war im Laufe der Jahrzehnte ein dichter Dschungel gewachsen. Ein Dschungel voller Abenteuer und Geheimnisse.

»Wir müssen ihn aufhalten!«, rief Lilly verzweifelt.

Die kleine Dame kniff die Augen zusammen.

»Ja, aber wir brauchen Hilfe!«

Sie hatten keine Sekunde zu verlieren. Denn obwohl die Hecke alt und mächtig war, hatte Herr Leberwurst mit seiner gefräßigen Heckenschere bereits eine große Lücke gerissen.

Schnell schlüpften die zwei auf der anderen Seite des Hofes durch die Hecke. Die kleine Dame eilte direkt zur alten Weide. Lilly folgte ihr. Was hatte die kleine Dame vor? Erstaunt sah sie, wie die kleine Dame sich an den Stamm lehnte und gurrte. Die kleine Dame gurrte wie ein Taube. Oben zwischen den Zweigen raschelte es und die zwei Brezeltauben steckten ihre Köpfe aus den Blättern hervor. Wieder gurrte die kleine Dame. Es klang sehr ernst und eindringlich. Die Tauben gurrten zurück.

»Sie sind einverstanden. Sie helfen uns.«

Lilly war sprachlos. Die kleine Dame beherrschte also auch die Sprache der Tiere! Aber es blieb keine Zeit für Fragen. Schon rannte die kleine Dame weiter, den Pfad hinunter, der zum Bäckerschuppen führte.

»Wir müssen alle Tiere holen«, rief sie. »Komm!«

Die kleine Dame sprach mit dem Steinmarder, mit dem Falken und mit den anderen Vögeln.

Sie erzählte ihnen, woher der grässliche Lärm kam und was Herr Leberwurst vorhatte. Sie bat die Tiere, ihre Gefährten und Freunde zu holen und sofort zur Hecke zu kommen.

Kurze Zeit später, als alle Tiere sich versammelt hatten, gab die kleine Dame jedem eine Aufgabe. Sie blickte zu Lilly.

»Sobald Herr Leberwurst seine Heckenschere abschaltet, schlüpfen wir durch die Hecke.«

»Und dann?« Lilly sah die kleine Dame fragend an.

»Chamäleonisieren wir und nehmen ihm die Heckenschere weg.«

Als ob die Leberwurst sich so mir nichts, dir nichts seine Heckenschere wegnehmen lassen würde. Lilly überlegte.

»Oder hast du einen anderen Plan?«, fragte die kleine Dame.

»Nein«, sagte Lilly.

»Dann los!«, rief die kleine Dame und gab das Zeichen.

Ein Schwarm Tauben erhob sich vom Dach des Brezelhauses und steuerte direkt auf Herrn Leberwurst zu. An der Spitze flogen die hellbraune und die weiße Taube. Im Tiefflug glitten sie über den Hausmeister und *plitsch, plitsch, plitsch* regnete es Taubenkacka vom Himmel.

Wütend sah Herr Leberwurst auf seinen bekleckerten Kittel. Da plitschte es wieder und etwas Weißes tropfte von seiner Glatze.

»Volltreffer!«, rief Lilly.

Die kleine Dame gab das nächste Zeichen. Nun sprang der Steinmarder aus der Hecke und ging fauchend auf den Hausmeister los.

»Weg mit dir!«, brüllte Herr Leberwurst und hielt die laufende Heckenschere zum Angriff bereit. »Oder ich mach Hackfleisch aus dir.«

Doch der Marder war flinker. Er sprang um Herrn Leberwurst herum, bis dieser nicht mehr wusste, wo vorn und hinten war. Schnaufend stellte er die Heckenschere ab und wischte sich übers Gesicht.

»Jetzt«, sagte die kleine Dame.

Drei kleine Rotkehlchen schossen aus der Hecke auf ihn zu. Wild flatternd umkreisten sie seinen Kopf und pfiffen ihm gehörig ihre Rotkehlchenmeinung.

Die kleine Dame packte ihren Schirm fester und sah Lilly an. Gemeinsam schlüpften sie durch die Hecke.

Das Rotkehlchentrio sauste ein letztes Mal um Herrn Leberwursts Kopf und verschwand wieder in der Hecke. Direkt über ihm stand der Falke in der Luft und stieß seinen hellen Schrei aus.

Die kleine Dame klappte den Schirm auf und schon liefen sie und Lilly so dunkelgrün an wie die Ligusterhecke. Keine drei Meter vor ihnen stand Herr Leberwurst auf dem Rasen und atmete schwer. Was ging hier vor? Neben ihm lag die Heckenschere.

Auf Zehenspitzen schlichen Lilly und die kleine Dame nach vorn. Von oben stieß der Falke herab, riss mit seinem Schnabel einen Knopf vom Kittel des Hausmeisters und erhob sich wieder in die Luft.

Herr Leberwurst ächzte. »Mein Knopf! Gib mir sofort meinen Knopf wieder, du Biest.«

Herr Leberwurst war so abgelenkt, dass er nicht wahrnahm, wie Lilly und die kleine Dame sich angepirscht hatten. Die Heckenschere lag zum Greifen nah. Lilly streckte ihre Hand aus. Da drehte Herr Leberwurst sich um. Lilly hielt die Luft an. Natürlich konnte Leberwurst sie unter dem Chamäleonschirm nicht sehen, aber vielleicht hörte er sie? Misstrauisch blickte Herr Leberwurst sich um und wollte gerade nach der Heckenschere greifen. Da hielt ihn ein Fauchen zurück. Vor ihm saß der Marder mit gesträubtem Fell und bleckte seine spitzen Zähne.

»Ich krieg dich!«, zischte Herr Leberwurst und wollte den Marder packen. Doch der Marder sprang mit einem frechen Keckern zur Seite und plinkerte Herrn Leberwurst an.

Die kleine Dame stupste Lilly. Gleichzeitig packten sie den Griff der Heckenschere und zogen sie Stück für Stück auf die Hecke zu. Noch drei Meter, zwei, einer. Herr Leberwurst wirbelte herum. Was er sah, verschlug ihm den Atem. Seine Heckenschere kroch über den Rasen. Er rieb sich die Augen. Das war eine ordentliche Heckenschere. Die tat so etwas nicht.

»Stopp!«, rief Herr Leberwurst und stolperte seiner Heckenschere hinterher.

»Schneller«, flüsterte Lilly. »Wir müssen schneller sein.«

Schon stand sie mit einem Bein in der Hecke. Die kleine Dame war dicht neben ihr. Doch zur Tarnung hielt sie noch immer den Schirm und konnte sich kaum bewegen.

»Komm sofort zurück!«, befahl Herr Leberwurst.

Lilly zog mit aller Kraft. Nun hatten sie die Heckenschere schon zur Hälfte in die Hecke gezogen. Nur noch das vordere Ende sah heraus.

Da griff Herr Leberwurst zu.

»Chaka«, rief die kleine Dame und ließ den Schirm los, sodass sie beide Hände für die Heckenschere frei hatte.

»Chaka, lass dir etwas einfallen, dass dieser Grobian endlich loslässt!«

Chakas spitze Schnauze kam aus dem Schirm.

»Und ein bisschen mehr Tempo, wenn's beliebt!«

Chaka verschwand durch die Zweige. Lilly spürte, wie ihre Hände vor Anstrengung rutschig wurden. Auf der anderen Seite zerrte Herr Leberwurst.

Plötzlich hörten sie ein schmerzerfülltes Heulen. Was war das? Lilly spähte durch die Blätter.

Chaka saß vor der Leberwurst und betrachtete interessiert das lange schwarze Haar zwischen seinen Krallen. Er hatte Herrn Leberwurst ein Nasenhaar ausgerissen. Wieder hob er die Kralle, um das nächste Haar auszureißen.

»Wirst du das wohl sein lassen!« Herr Leberwurst wurde blass und ließ die Heckenschere los.

In diesem Augenblick zogen Lilly und die kleine Dame mit aller Kraft und die Heckenschere rutschte das letzte Stück durch die Hecke bis in den vergessenen Teil des Hinterhofs.

Es wurde still im Hof. Wunderbar still. Rings um die kleine Dame und Lilly saßen die Tiere, die ihnen geholfen hatten. Die Tauben und Rotkehlchen, der Falke und natürlich Chaka. In ihrer Mitte zwischen ihnen lag die gigantische Heckenschere. Sie hatten gesiegt!

Die kleine Dame stellt sich vor

Lilly wollte im Hof bei der kleinen Dame bleiben. Aber das kam überhaupt nicht infrage. Es war Samstag. Der einzige Tag in der Woche, an dem Mama und Papa beide freihatten und sie alle etwas gemeinsam unternahmen. Nur heute wäre Lilly zu gern im Hinterhof geblieben – einem absolut *leberwurstfreien* Hinterhof.

Denn nachdem sie die Heckenschere des Hausmeisters erobert und hinter dem alten Bäckerschuppen versteckt hatten, war Herr Leberwurst wortlos aus dem Hof geschlurft. Plötzlich konnte er sich nicht mehr daran erinnern, was er überhaupt im Hof gewollt hatte. So konnten die kleine Dame und Lilly den geheimen Hof am Ende doch noch retten. Die Tiere kehrten in ihre Nester und Verstecke heim und die kleine Dame war mit Chaka zu ihrem Zelt unter der alten Weide gegangen.

Ob Mama und Papa ihr erlauben würden, abends noch mal in den Hof zu gehen, überlegte Lilly, als sie die Tür des Brezelhauses aufdrückte. Sie ging den Flur hinunter und klingelte an der Wohnungstür. Papa machte auf.

»Da bist du ja!«, sagte er erleichtert und ließ Lilly durch. »Was war denn? Du wolltest doch gleich vom Fotogeschäft nach Hause kommen.«

»Wollt ich ja auch . . .«, begann Lilly. Ihr war jetzt gar nicht zum Reden zumute.

Mama kam aus der Küche. Sie sah Lilly wütend an. »Du kannst doch nicht einfach verschwinden! Wir machen uns Sorgen!«

Lilly biss die Zähne zusammen und sah auf ihre Fußspitzen. Sie war doch gar nicht verschwunden. Sie war den ganzen Vormittag hinten im Hof gewesen. Da hüpfte auch noch Karlchen den Flur herunter.

»Warst du bei der kleinen Dame?«

»Ja«, sagte Lilly leise.

Papa und Mama wechselten einen langen Blick.

»Wir müssen mit ihr reden!«, sagte Mama, als wenn Lilly Luft wäre. Papa nickte.

Mit gesenktem Kopf folgte Lilly ihren Eltern in die Küche. Was sollte sie ihnen nur sagen? Sie konnte doch selbst kaum glauben, was sie mit der kleinen Dame erlebt hatte. Sollte sie sich etwas ausdenken, um Mama und Papa zu beruhigen? Zum Beispiel: Sie sei bei Matz gewesen und habe die Zeit vergessen? Aber sie wollte nicht lügen! Lilly holte tief Luft und sah auf. Nein, ganz egal, ob Mama und Papa ihr glaubten oder nicht. Sie würde ihnen jetzt die Wahrheit erzählen.

»Ich muss euch etwas sagen«, setzte Lilly an.

»Gut«, seufzte Mama.

»Was war das?«, fragte Karlchen und sah zu Lilly.

»Ich hab ein Scharren gehört«, sagte Lilly.

Mama zog genervt die Augenbrauen zusammen. »Lilly, ich dachte, du wolltest *uns* jetzt etwas sagen.«

Doch Lilly sprang vom Stuhl. »Es klingelt!«, rief sie und flitzte zur Tür.

Draußen stand die kleine Dame mit Tropenhelm, Schirm und Safarikostüm. »Ein kleiner Vogel hat mir gezwitschert, dass da jemand bis zu den Ohren in Schwierigkeiten steckt«, sagte sie.

»Sie sind total sauer«, flüsterte Lilly.

Aber ehe sie noch etwas erklären konnte, kamen schon Mama und Papa. »Wer ist denn . . .?«, fragte Mama und riss die Augen auf.

»Das gibt's doch gar nicht!«, entfuhr es Papa.

»Hallo, kleine Dame!«, quietschte Karlchen.

Die kleine Dame blinzelte ihr zu. Dann ging sie auf Lillys Eltern zu.

»Guten Tag! Ihr müsst Frau und Herr Bär sein.«

Sie machte eine Pause. Aber Mama und Papa starrten die winzige Person nur an und brachten kein Wort heraus.

»Ich bin die kleine Dame.«

Der Knoten in Lillys Bauch löste sich auf. Die kleine Dame war gekommen, um ihr zu helfen. Gemeinsam konnten sie *alles* erklären.

Papa fasste sich als Erster. »Du bist also Lillys, äh, neue Freundin?«

»So ist es«, lächelte die kleine Dame.

»Und zeltest im Hinterhof?«, fragte Mama.

»Aber ja! Hast du meine Laterne nicht gesehen? Ich hab sie doch extra jeden Abend angezündet!«

»Oh, doch, doch«, murmelte Mama schwach.

Lilly nahm Mama und Papa an der Hand. Die Ärmsten. Die waren ja vollkommen durcheinander. »Lasst uns mal in die Küche gehen«, schlug sie vor und zog ihre Eltern mit.

Mama schüttelte noch immer ungläubig den Kopf, aber mit ihrer rechten Hand fasste sie nach dem Schirm der kleinen Dame.

»Ist da dein Chamäleon drin?«, fragte sie, als ob sie selbst nicht glauben konnte, dass sie diese Frage stellte.

Die kleine Dame hielt Mama den Griff hin. Chakas grüner Schwanz rollte sich einmal aus und wieder ein.

»Genau, wie Lilly es erzählt hat«, sagte Mama und sah Papa an.

»Haargenau«, sagte Papa.

»Hab ich doch gesagt!«, stellte Lilly zufrieden fest.

»Und sie ist auch wirklich die beste Chamäleoniseurin der Welt!« Die kleine Dame wiegte den Kopf. »Oh bitte, keine Übertreibungen«, sagte sie.

»Bitte zeig es ihnen!«, bat Lilly.

Karlchen, Mama und Papa nickten.

Da klappte die kleine Dame ihren Schirm auf. Sie stand vor dem alten Küchenbuffet und innerhalb von Sekunden hatte sie genau die warme Farbe des honigfarbenen Holzes angenommen.

»Oh«, hauchte Mama und plumpste auf ihren Stuhl.

BÄR

»Mannomann!«, sagte Papa und setzte sich daneben.

»Komisch«, sagte die kleine Dame. »Sehr komisch. Für große Leute scheint es immer besonders aufregend zu sein, wenn ich chamäleonisiere.«

»Sieht so aus«, grinste Lilly.

Mama holte tief Luft und stand auf.

»Möchte jemand eine Brezel?«

Sie ging zum Backofen und zog ein Blech mit kleinen goldenen Brezeln hervor. »Ich habe das Brezelrezept vom alten Auguste Pain ausprobiert.«

»Ja!«, riefen Lilly und die kleine Dame, Papa und Karlchen. Erst jetzt merkte Lilly, wie hungrig sie war. Wegen des Leberwurstalarms hatte sie nichts zu Mittag gegessen.

»Und weißt du schon, wie lange du noch in unserem Hinterhof zelten willst?«, fragte Papa die kleine Dame zwischen zwei Bissen.

Lilly verschluckte sich.

»Na, bis meine Salafari zu Ende ist«, antwortete die kleine Dame.

»Aber . . .!«, fing Lilly an. »Aber wann ist sie zu Ende?«

Die kleine Dame sah durch das Küchenfenster hinaus in den Hinterhof.

»Du weißt doch, eine richtige Salafari ist erst dann zu Ende, wenn man den letzten Winkel des Dschungels erforscht und seine tiefsten Geheimnisse aufgespürt hat«, sagte sie und sah Lilly fest an.

»Aber das haben wir noch nicht, kleine Dame. Im Hinterhof warten noch jede Menge Geheimnisse!«, rief Lilly.

Die kleine Dame lächelte Lilly an. »Dann kennst du ja die Antwort«, sagte die kleine Dame und biss sehr zufrieden in ihre kleine knusprige Brezel.

Stefanie Taschinski,

geboren 1969, studierte Geschichte, Soziologie und Drehbuch. Die erfolgreiche Drehbuchautorin lebt mit ihrem Mann und ihren zwei Töchtern in Hamburg. Und seit die kleine Dame in ihr Leben spaziert ist, schreibt sie mit Begeisterung Kinderbücher.

Nina Dulleck,

Jahrgang 1975, zeichnet, seit sie einen Stift halten kann. Sie ist verheiratet, hat drei Kinder und lebt in Rheinhessen inmitten von Kirschbaumplantagen und Weinbergen.

Nina Dulleck wurde zweimal »entdeckt«. Zuerst von ihrer Grundschullehrerin, die sie davon in Kenntnis setzte, dass kommerzielle Geschäfte in der Schule verboten sind. Daraufhin musste Nina den Verkauf ihrer Bilder in der Klasse einstellen. Danach, mit 16 Jahren, von einem Verleger, der mit kommerziellen Geschäften keine Probleme hatte.

Mittlerweile hat Nina Dulleck diverse Kinderbücher für verschiedene Verlage im In- und Ausland illustriert. Sie zeichnet Cartoons u.a. für die Familienzeitschrift »family« und dem seit über 12 Jahren erscheinenden »Mutmachkalender«. Außerdem stellt sie ihre Arbeiten bei Ausstellungen im In- und Ausland aus.

Ihre stilistische Bandbreite erstreckt sich von der Bleistiftzeichnung über Ölpastell, Buntstift bis hin zu Acryl- und Mischtechniken.

Jo Nesbø

Doktor Proktor
verhindert den Weltuntergang. Oder auch nicht ...

Lise, Bulle und Doktor Proktor sind sich einig: Irgendetwas geht in Norwegen nicht mit rechten Dingen zu. Erst zieht ein verrückt gewordener Kapellmeister alle Menschen in seinen Bann. Dann verspeist der Kunstlehrer plötzlich mit Vorliebe Insekten. Schließlich taucht auch noch ein Mondchamäleon auf, das völlig außer Rand und Band gerät. Für die drei Helden aus der Kanonenstraße ist klar: Irgendjemand muss die Welt vor ihrem Untergang bewahren - auch wenn das alles andere als einfach ist...

Arena

360 Seiten • Gebunden
Mit farbigen Illustrationen
von Per Dybvig
ISBN 978-3-401-06339-3

Stefanie Taschinski

Als Hörbuch bei
Arena audio

Die kleine Dame und der rote Prinz

Wunderbare Abenteuer haben Lilly und ihre Schwester Karlchen mit der kleinen Dame erlebt, seit sie mit ihrem 1000jährigen Chamäleon im Hinterhof des Brezelhauses eingezogen ist. Doch jetzt ist ein neuer Gast angekommen: Er heißt Finn, hat ein rotes Fell, einen buschigen Schwanz – und ein großes Geheimnis … Zum Glück versteht die kleine Dame alle Tiersprachen, denn Finn, der rote Prinz, braucht dringend Hilfe!

160 Seiten • Gebunden
Mit farbigen Illustrationen
von Nina Dulleck
ISBN 978-3-401-06635-6

Arena

Hörbuch
Sprecherin: Katharina Thalbach
2 CDs
ISBN 978-3-401-26635-0
www.arena-verlag.de